U0599656

美得令人心醉的

100首婉约词

· 遇见醉美古诗词

姜波 著

华龄出版社

责任编辑：潘笑竹
责任印制：李未圻
封面设计：颜　森

图书在版编目（CIP）数据

美得令人心醉的100首婉约词 / 姜波著. ––北京：
华龄出版社，2017.10
　ISBN 978-7-5169-1100-6

　Ⅰ . ①美… Ⅱ . ①姜… Ⅲ . ①婉约派 – 词（文学）
– 作品集 – 中国 – 古代 Ⅳ . ①I222.82

中国版本图书馆CIP数据核字（2017）第251314号

书　　名：美得令人心醉的100首婉约词
作　　者：姜波　著
出版发行：华龄出版社
印　　刷：三河市越阳印务有限公司
版　　次：2018年3月第1版　　2018年3月第1次印刷
开　　本：660×960　1/16　　印　　张：14
字　　数：140千字
定　　价：32.00元

地　　址：北京市朝阳区东大桥斜街4号　　邮编：100020
电　　话：84044445（发行部）　　传真：84049572
网　　址：http://www.hualingpress.com
（如出现印装质量问题，调换联系电话：010-82865588）

版权所有，侵权必究

　　在诗歌的王国，"婉约"恰似一朵凝霜含露的花，亦如眼波流转的女子。她的美丽姿容、倾世仪态，惊艳尘世，动人心魄。

　　温婉柔和、纤细素雅之物总是能带给人们一种超越现世的想象。这种想象不似《诗经》那般清淡，不似乐府诗般现实，亦不似律诗、绝句那般严谨。它参差错落、跃动自然、清雅独特，微妙中道尽人间悲欢，精练中撩起美感韵律。这便是婉约词的魅力所在。

　　婉约词，婉转有致，隐约带韵。宋末沈义父在《乐府指迷》中这样标举作词的标准："音律欲其协，不协则成长短之诗；下字欲其雅，不雅则近乎缠令之体，用字不可太露，露则直突而无深长之味；发意不可太高，高则狂怪而失柔婉之意。"这可以看作是婉约词的艺术手法。

　　世人喜欢将美好之物喻为美人，婉约词也是这般。每一阕词，都有一个或清丽或华美的意境，讲述一个或完满或遗憾的故事，再配上妙龄少女的浅斟低唱，实在让人销魂着迷。一阕词，一生情，一辈子。

婉约词虽然如小品文般清雅迤逦、小家碧玉，似乎咿呀之间尽是小女儿态，说来说去不过是红尘往事中的不了情、实则它涵盖的题材既大又宽，大千世界，天子王侯、文人墨客、布衣百姓，无论是谁，说到底不就是在追求一个"情"字吗？故而，是婉约成全了词的美丽与哀愁。

在婉约词的世界里，有如画的风景，也有似锦的浓情，也难免落下几滴娇泪，发出几许叹息。李煜的一江春水向东流、晏殊的红颜凋零徒感伤、晏几道的十里荷花留惆怅、柳永的没有勇气说"再见"、李清照的寻寻觅觅更凄惨、纳兰性德的典当年华换相思，一一蕴含其中。

纯净的相遇、蜜甜的相守、断肠的分袂、入骨的相思、感伤的春暮、无家的流浪，其中繁华也好，落寞也罢，都无须去计较。婉约词馥郁的芬芳远未散尽，更多的美还等着后人去寻觅，更多的味道也等着后人去成全。

CONTENTS

目录

卷二◎陌上花开，相思成风

卷三◎一个人的天荒地老

卷四◎心醉心碎后，无奈的自由

卷五◎天气凉了，叶子哭了

卷六◎没有你，世界寸步难行

卷七◎断桥残雪，垂泪好几遍

卷九◎无怨无悔，走尽天涯路

卷一　这个秋天比别处温柔

倘若在最好的年华，心田里的情花绚如红霞，恰好遇到了一个让你怦然心动的人，又恰好，你爱慕的人，他也爱慕着你，世上最顺遂的爱情，便是如此了吧。

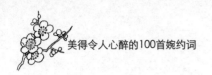

美人调情，谁能不心动
李煜《一斛珠·晓妆初过》

晓妆初过，沉檀轻注^①些儿个。向人微露丁香颗。一曲清歌，暂引樱桃破。

罗袖裛^②残殷色可，杯深旋被香醪^③涴^④。绣床斜凭娇无那。烂嚼红茸^⑤，笑向檀郎^⑥唾。

【注释】

①沉檀：古人所用的类似口红的化妆品。注：点。

②裛（yì）：古同"浥"，沾湿。

③醪（láo）：酒。

④涴（wò）：污，弄脏。

⑤红茸：红色线头。

⑥檀郎：晋代潘安小名檀奴，因其貌美，极受众人欢迎，后世用檀郎代指情郎。

"作个才人真绝代，可怜薄命作君王。"清代袁枚曾援引《南唐杂咏》中的诗句如此评价李煜。本是一介穿黄袍着紫衣的帝王，却开口即是千古幽怨和泣血之殇，仿佛生来即是为情而生，为寂寞而存。当然，在孤独的罅隙中，他也曾因与倾心女子偷偷相约而欢愉欣悦。

这首《一斛珠》中的女主人公，极尽风流妩媚，浑不似后宫女子的矜持、娇羞，更无半分宫廷尊贵，反而带着浓郁的风尘气息，极像是词人在烟花地邂逅的女子。

她晨起梳妆，绛红的香膏擦过嘴唇，留下浅浅印痕。下了楼阁，遇到客人，她习惯性地开口一笑，吹气如兰。唱着一曲清歌，朱唇似樱桃绽破，皓齿若隐若现。歌罢暂歇，美酒入口，唇上沾了酒滴，越显红艳。她以袖口擦拭，似是无意，似是挑逗，妩媚动人。

曲终筵罢，客人大多散去。她与心爱的檀郎携手入了闺房。美人拈针捻线，似要绣花，但视线像被什么致命的诱惑吸引，牢牢停留在对方身上。她刚把红线衔在口里要打结，檀郎已欺身过来开始调情，美人娇嗔一声，把嚼烂的红线吐向对方。

美人的绣房再雅致，终究不及堂皇富丽的皇宫的万分之一。但是，烂嚼红茸向郎唾的率真和直白，是李煜在深宫里不曾遇到的。女子在倾吐爱意时，常不如男人直接，于是便有了千百种奇特的表白方式，有的千般温柔百般顺从，有的则是无尽地折腾。嗔怒是更具女人味的一种爱恋，其中情意，懂情趣的男人自会知晓。

调情，是一场令人不会厌倦的风月游戏。美人调情，以红茸唾面，谁能不心动？那俏皮又妩媚的风情，比软语温存还撩人心弦。既得佳人暗许，必当调情逗趣，否则岂不是辜负了大好韶光？

男女调情的至境，大抵是添了情趣却不流于低俗。让女子娇嗔而现妖娆，调情至此，已臻化境——李煜做到了。

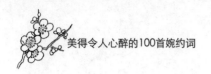

暧昧滋生，情意绵长

李煜《菩萨蛮·花明月暗笼轻雾》

花明月暗笼轻雾，今宵好向郎边去。刬袜步香阶，手提金缕鞋。

画堂南畔见，一向偎人颤。奴为出来难，教君恣意怜。

夜晚，在南唐后宫，无风，有雾。月亮在迷离的轻雾中收敛了光芒，禁苑中的花花草草，本是借了月光，但愈往高处雾色愈浓，花草反而夺了月的光彩。

月光下，迷雾中，一个脸上泛着红晕的少女，屏住呼吸，小心翼翼地走向画堂南畔，仿佛怕惊醒了沉寂的夜，更怕惊到了正在与薄雾约会的月亮。她脱下鞋子，只穿着袜子，踏碎了台阶上的月光。一双精致的绣鞋，被她提在手上。

在月的纵容、雾的掩护、花的注视下，少女几乎是挪动着脚步，终于到了画堂南畔，看到了那个男子模糊的身影。她像是嗅到了他的味道，一时间心跳如脱兔，脸颊似火烧，再顾不得女孩的羞涩和矜持，一头扎进他的怀里，呢喃耳语："奴为出来难，教君恣意怜。"

这个看似柔弱的少女，浑身散发着蓬勃的青春朝气；而李煜不再是青涩的少年，他已经成了两个孩子的父亲。怀春的少女遇到成熟的男人，然后相知、相恋、相许，一切顺理成章。偷会后，或许是李煜情难自禁，才写了这篇绮丽香艳的词。

当时，大周后娥皇病卧在床，小周后是以探病之名进宫的。然而进宫之后，她却与自己的姐夫萌生了爱意。李煜在妻子病中约会其妹，于理法不合，多少是要为世俗所不齿的，只因他贵为天子，才少了些不中听的闲言碎语，即使有人要说些刺耳的闲话，终不会传到他耳边。

但李煜幽会小周时，还是要屏退左右，既为避人耳目，更因自古"偷情多为两人事"。月朦胧，雾朦胧，花朦胧，唯有人分明，暧昧滋生，情意绵长。

古来痴男怨女的爱情，都会在幽会处弥散开去。或在花前月下，或在闺房之中，或于小园之内，甚至就在路旁小林深处，他们偷偷相爱，默默欢喜。如李煜与小周后这样，既然白日不能正大光明地相会，便趁着花明月暗，幽会画堂吧！

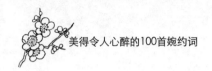

真心爱慕已难得

柳永《集贤宾·小楼深巷狂游遍》

小楼深巷狂游遍，罗绮成丛。就中堪人属意^①，最是虫虫。有画难描雅态，无花可比芳容。几回饮散良宵永，鸳衾暖、凤枕香浓。算得人间天上，惟有两心同。

近来云雨忽西东。诮恼损情悰^②。纵然偷期暗会，长是匆匆。争似和鸣偕老，免教敛翠啼红。眼前时、暂疏欢宴，盟言在、更莫忡忡^③。待作真个宅院，方信有初终。

【注释】

①属意（zhǔ yì）：倾心。

②悰（cóng）：欢乐。

③忡忡（chōng）：忧虑不安。

"爱情"二字诚然纯粹，心意最重，可是，两个人的牵系，没有心意就少了根基，如果只有心意，必然也不牢靠。情诗与情话固然美好，但终如情花，绚烂得了一时却不能盛开一世。未兑现的誓言，是有情人挣不脱的梦魇。

柳永为北宋婉约派词人中最具代表性的人物，自称"奉旨填词柳三变"。他天性风流，好出入市井，喜寄情风月，幸然他懂得捧出一颗真心来珍惜青楼女子被人忽略的才情、性情与真情。故而，挥笔泼墨用词晓畅，音律谐婉。

词中，深爱着柳永的虫娘，醉舞九天只为柳郎，又有缠绵情话不绝于耳，但是，她还是渐渐生了抱怨。"虫虫"是柳永对虫娘亲昵的爱称。想那长身玉立、风度翩翩的青衫男子，在小楼上、深巷里，深情呼唤她的名字，她回报以璀璨笑容。美丽的虫娘，就像不褪色的风景——"有画难描雅态，无花可比芳容"，也唯有如此，才能把风流多情的柳郎留在身边。

鸳衾暖，凤枕香，贪欢享乐，人间天上。柳永许下了共结连理的约定，这曾让虫娘非常欢喜，可一旦这约定迟迟不能兑现，她便从云端坠落，清醒地回归了现实。柳永爱惜她，她便矜贵迷人；柳永离开她，她便一无所有。

想东想西，寻不到出路，整颗心都被悲剧填满，因情生怨，因情生恼。对于此，柳永都看得懂，也明白该如何安慰她的心——"争似和鸣偕老，免教敛翠啼红"。虫娘想要的是鸾凤和鸣、相携到老的爱情，唯有如此她才能舒展愁眉。柳永懂她心事，也因此更是为难，唯有宽慰："他日定寻个宅院，誓与你作伉俪，结同好，共始终。"

不知这样的许诺，是否还能安慰忧心忡忡的虫娘。但对于沦落风尘的女子来说，能得一知心人如此体惜已足够幸运。欢场中尽是浮花浪蕊，被侮辱、被损害、被辜负，这似乎就是烟花女子注定的宿命，如柳永这般真心爱慕、诚意体惜的男子，已非常难得。

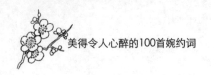
今生不离不弃，已是极好

柳永《玉女摇仙佩·飞琼伴侣》

佳人

飞琼①伴侣，偶别珠宫，未返神仙行缀。取次②梳妆，寻常言语，有得几多姝丽。拟把名花比。恐旁人笑我，谈何容易。细思算、奇葩艳卉，惟是深红浅白而已。争如这多情，占得人间，千娇百媚。

须信画堂绣阁，皓月清风，忍把光阴轻弃。自古及今、佳人才子，少得当年③双美。且恁相偎依。未消得、怜我多才多艺。愿奶奶④、兰心蕙性，枕前言下，表余心意。为盟誓。今生断不孤鸳被。

【注释】

①飞琼：即仙女许飞琼，她是西王母的侍女。

②取次：任意，随意。

③当年：正值盛年。

④奶奶：古代对女主人的称呼。

在柳永所作的词里，他的妻子并未留下多少印迹。只有这一首《玉女摇仙佩》，被后世人认为可能是新婚时柳永为妻子所作。

　　她是像许飞琼一样的仙女，偶别天宫才来到这到处千娇百媚的人间。只是寻常梳妆，未做丝毫刻意打扮，就已经美得超过了人间几多姝丽。其容颜之美好，姿态之妖娆，竟让才华横溢的词人寻不到合适的赞美之词。以花比喻美人，这向来是古典文化中常见的传统，但词人一经思量，觉得此举会唐突佳人。百花园里的奇葩艳卉，不过是深红浅白而已，哪里比得上佳人的妩媚多情，简直占尽人间春色。

　　李白曾有"云想衣裳花想容"之佳句，柳永在此翻旧为新，"拟把名花比。恐旁人笑我，谈何容易"，但细咂摸之下，又觉唐突。这番小心翼翼的掂量，实则已经将妙曼佳人的娉婷之姿、兰心蕙性之质，生动巧妙地渲染出来。

　　新婚的情侣携手同行，穿过画堂绣阁，望皓月沐清风，只盼着时光就停驻在这美好的一刻，不再向前。佳人倾心词人的才华横溢，词人爱慕佳人的兰心蕙性，两人相偎相依，许下盟约。纵然时光如水，也想许给对方万丈红尘。"自古及今、佳人才子，少得当年双美。"在这首词里，柳永第一次提到自己所推崇的爱情观——郎才女貌、情投意合。

　　倘若在最好的年华，心田里的情花绚如红霞，恰好遇到了一个让你怦然心动的人，又恰好，你爱慕的人，他也爱慕着你，世上最顺遂的爱情，便是如此了吧。柳永和他的妻子，大抵就是这样爱慕着对方。

　　来世太远，看不见触不到，今生不离不弃，已是极好。

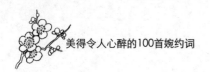

太平盛世里，甜蜜醉人

柳永《木兰花慢·拆桐花烂熳》

拆①桐花烂熳，乍疏雨、洗清明。正艳杏烧林，缃桃绣野，芳景如屏。倾城，尽寻胜去，骤雕鞍绀幰②出郊坰。风暖繁弦脆管，万家竞奏新声。

盈盈，斗草踏青。人艳冶、递逢迎。向路旁往往，遗簪堕珥③，珠翠纵横。欢情，对佳丽地，信金罍④罄竭玉山倾。拚却明朝永日，画堂一枕春醒。

【注释】

①拆：裂开，绽开。

②绀幰（gàn xiǎn）：天青色的车幔。

③珥：耳饰。

④金罍（léi）：酒器。

在清明寒食节左右，奔着功名而来的柳永初到汴京。一路旅途艰辛，风尘仆仆，柳永迎面就撞上了让人眼花缭乱的隆宋气象。

马蹄下的路还是湿漉漉的，破晓前的一阵疏雨刚刚洗去了京城的脂粉，过滤了它的妖艳，天地间只留下让人忍不住

贪婪呼吸的清新味道。走在汴京郊外，他无暇旁顾，眼前尽
是烂漫的桐花、燃烧的杏花、如织的缃桃，鲜妍亮眼的颜色
灼灼燃烧，一如这朝气蓬勃的时节，又如这达于极盛的朝代。

淡妆浓抹总相宜，绝美之人与绝美之风景都有这样的魔
力。美人一笑倾城，美景亦能让倾城百姓奔走寻春——宝马
香车在如屏芳景中穿梭，男女老少摩肩接踵，喜气洋洋。万
户千家传出管弦新声，游春的快乐也被推向高潮。

几年奔波辗转中，柳永已不再是青葱少年，可在这个春
天里，他快乐得像一个孩子，只用好奇的目光打量着这个期
待已久的世界，入眼处处都是喜悦，让他怎不心花怒放？
这喜悦的根源，正是北宋的太平日久、物阜民丰，唯有在太
平盛世，这种恍如尽欢的放纵才甜蜜醉人，就仿佛在与情人
约会。

春光魅力四射，美人惊艳时光，酩酊大醉的柳永欲哭欲笑，
终于和他幻想多年的汴京在此时相逢——"拚却明朝永日，画
堂一枕春醒"。最好的时代，最美的风景，词人青春年少鲜有
烦恼，若不酣畅淋漓一醉方休，岂不是怠慢了这巨大的幸福？

倾城欢情，也非唯在清明左右。盛世北宋恰如人正少年，
谁能阻拦年少轻狂的张扬，又有谁能阻拦一个时代的狂欢？
置身其中，只随时代摇摆高歌已经足够。

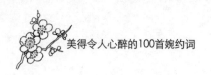
只消得一眼，便无法挪开

张先《醉垂鞭·双蝶绣罗裙》

双蝶绣罗裙，东池宴，初相见。朱粉①不深匀，闲花淡淡春②。

细看诸处好，人人道，柳腰身③。昨日乱山昏，来时衣上云。

【注释】

①朱粉：脂粉。

②春：比喻美貌的女子。

③柳腰身：指女子窈窕的身姿。

文人墨客的酒宴中，如若少了女子的脂粉风韵，就好似春日少了莺莺燕燕，交响乐中少了丝竹管弦。美酒美色能使翠楼画舸中的客人尽兴，歌舞声色也能浸润文人雅士的笔墨纸张，佳人与墨香，似乎从来就这般相依相配。

闲来无事的张先，又一次到东池赴宴。宴会之上，尽是金翠耀目、罗绮飘香、新声巧笑、暗管调弦，男子风流，女子妩媚，好似要在这锦瑟时光中，燃却年华，一晌贪欢。正当词人东倒西歪，被这美酒美人染得熏熏然时，一个身穿罗裙的女子又捧来一壶热腾腾的好酒，一一为众人斟满。她淡绿色的罗裙飞舞飘扬，似双蝶翩跹而飞。旁边的女子皆是浓妆艳抹，衣着配饰繁复，而她却偏偏"朱粉不深匀，闲花淡淡春"。

于宴会中，姹紫嫣红皆开遍，她却在这万紫千红之外，带着淡淡的春色，清清静静地开放，娴静淡雅、风韵天然，着实让张先醉了。这醉，是来自醇香美酒的后劲儿，还是来自侍酒女子的淡雅，词人心里十分清楚。

只消得一眼，张先的眼睛就定格在了她身上，再也无法挪开，任凭旁人挡住了他的视线，他也要侧着头或者站起来，将她纳入眼底。人人都说她，细腰如柳，婀娜多姿，但迷醉的词人在细细打量之后，却道"诸处好"。她自然有"杨柳小蛮腰"，但她的容貌又何尝不似《诗经》中"手如柔荑，肤如凝脂，领如蝤蛴，齿如瓠犀，螓首蛾眉。巧笑倩兮，美目盼兮"的女子呢？

一见即钟情的词人，愈发痴狂起来。意乱神迷中，他看到女子服饰上绣着的朵朵白云，好似"乱山之云"那般蜿蜒绵长，缥缈虚幻，这女子也宛若从朦胧的"云山"走来，一步步走进词人视线。

张先词作意韵恬淡，意象繁富，他尤善作慢词，与柳永齐名，曾因善用"影"字，世称"张三影"。在这首词中，未见其人，先见其服；未闻其声，先感其昏，此乃词人于此词中所现之境，虚实相间，真幻相融。虽全词中未着一字直接描摹女子"沉鱼落雁、闭月羞花"的容貌，但其女之美早已在不言中达至境，神采飘逸，婀娜多姿。

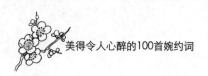

撩人的不仅仅是春色

欧阳修《阮郎归·南园春半踏青时》

南园春半踏青时，风和闻马嘶。青梅如豆柳如眉，日长蝴蝶飞。

花露重，草烟低，人家帘幕垂。秋千慵困解罗衣，画堂双燕栖。

每到春日，桃花便会将所有的山村水廓都攻陷，柳树也会吟出一则则白茫茫、虚飘飘的飞絮。芳春过半时，更有蛰伏了一冬的女子，插珠戴翠，匀脂抹粉，身着叠放得整整齐齐的刺绣衣装，奔相走访。或是踏青，或是赏花，或是游湖，或是荡秋千，形式并不重要，重要的是要以花之姿容融进春的氛围中。风和日丽，天朗气清，雕鞍绣马，骏足踏花，又闻宝马振鬣长嘶，则知人心如春意般盎然。

女子乘车来到郊外，只见"青梅如豆柳如眉，日长蝴蝶飞"。时节已近暮春，青梅结子，虽小但如圆豆；柳叶舒展，如女子青翠眉黛。且此时白昼渐长，日光渐暖，不知从哪里飞来几只蝴蝶，翩跹而起，嬉戏于草丛花间。欧阳修笔下的春天，果真清新而不单调，繁艳而不缛丽。

时光在指缝间穿梭而过，不知不觉已是傍晚。既然夕阳无限好，又何须惆怅近黄昏。夜幕降临前的景致更是别有韵味，花上露水浓重欲滴，草色如烟低浮于地，庭院中帘幕低垂。词人果然是大家手笔，寥寥几语，即把傍晚时分的阒静道尽，令人不得不屏住呼吸，以免惊扰了沉睡的傍晚。而这只是一个背景而已，主角还是游春归来的女子。踏青之后，她自然有些疲惫，即便是提裙坐上秋千，亦是慵慵懒懒，便解开罗衫倚坐而憩，恰恰看见一双燕子正栖息于画堂之上。人归家中，燕归画堂，人在屋内解衫小憩，燕在梁上双双栖息，人衬燕，燕亦衬人，果然是妙趣。

欧阳修为北宋文坛领袖，诗、词、散文均一时独领风骚。其词深婉清丽，承袭南唐余风。这首词中尽是春日美好的景致，虽无一言涉及男子，但想必女子如此尽兴，定是情窦初开，男子在心房陪伴。撩人的不仅仅是春色，更是被春风轻轻吹开的柔情。正如梅尧臣所评之言："状难写之景，如在目前；含不尽之意，见于言外。"

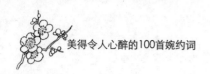

天地之间，只剩彼此

晏殊《诉衷情·青梅煮酒斗时新》

青梅煮酒斗时新，天气欲残春。东城南陌花下，逢着意中人。

回绣袂，展香茵，叙情亲。此情拚作，千尺游丝，惹住朝云。

晏殊的这一场春日相遇，恰如一曲清新纤丽的笛声，在这青梅煮酒的时节缓缓飘散于花香弥漫的空气里，并不荡气回肠，却也自有它的迷醉。

东城南陌花下，在晏殊心中如巫山神女般的女子，恍若踏着朝云翩翩而来。这一刻的晏殊，所袒露的情怀恰如情窦初开的少年般纯净而真挚。陌上群芳，春来游丝，在相遇的片刻便已化作朦胧背景。与意中人视线相对的瞬间，身外的万千浮华亦尽数消弭了声息，天地之间，只剩彼此。这场相遇如此美丽，如此惊喜，仿似一场幻梦忽然变成了真实的际遇。

相遇，是一件不必急于求成，也不必执着于结果的事。相逢自是欢喜，别离却也必会带来哀愁。所以，晏殊道"此情拚作，千尺游丝，惹住朝云"时，虽是盼望心中的无尽不舍可化作千尺游丝，挽留住那一抹倩影，多诉一份相思，但诉说再多又能如何？

开到荼蘼，花事终须了。

在春光最盛之时相逢，便如烟花璀璨滑过静寂夜空，虽是绚烂缤纷，但终要湮灭无踪。而落霞纷染，天光暗淡之前，这一场相逢亦终须离别。既然已在最好的时光里遇到了最好的那个人，便只沉醉于此刻的刹那相逢，又有何不可？只看春光荏苒，无限欢情，纵然是芳华易逝，相聚时短，毕竟已诉尽衷情。

学者叶嘉莹评价晏殊词"虽作艳语，终有品格"，正是因为看到了字里行间蕴含的真挚感情。读整首词，分明感到它是绵长幽婉的，偏只"东城南陌花下，逢着意中人"这一句，突然跳将出来，不加粉饰，突兀直白，仿佛内心的喜悦再也掩饰不住。或许在晏殊心底，也镌刻着这样一场繁花似锦的相遇，尽管最后花谢人散，也仍然留住了最初的美丽盛放，此后一经触碰，记忆里便总能扬起漫天花雨。

晏殊以《珠玉词》闻名，因其继承并发展了"花间派"和冯延巳的典雅流丽，且又于其中熔铸了深刻的生命体验，故而温婉圆润，开北宋婉约词风。这首词语言清丽，声调和谐，正是其经典代表。

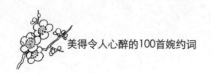
万丈红尘中最深的幸福

苏轼《殢人娇·白发苍颜》

赠朝云

白发苍颜，正是维摩①境界。空方丈、散花何碍②。朱唇
筯点，更髻鬟生彩③。这些个、千生万生只在。

好事心肠，着人情态。闲窗下、敛云凝黛。明朝端午，
待学纫兰为佩④。寻一首好诗，要书裙带。

【注释】

①维摩：维摩诘的省称，佛经中的人名，和释迦牟尼同时，
是毗耶离城中的一位大乘居士。

②"空方丈"二句：天女在一丈见方的维摩室中散花，室
小无任何妨碍。

③"朱唇"二句：红色口唇似用筷子点画，改变年少时的
发髻形态更丽。

④纫兰为佩：编织兰草来佩戴。

苏轼词开豪放一派，为豪放之宗，与辛弃疾并称"苏辛"，
但这位侠骨男子亦有柔肠，情至深处亦能以细腻的婉约笔墨，
让内心深处的爱汩汩淌出。

有才子处，若无佳人，就像香烛失去红酒，亭槛远离水畔，

虽亦有风采，但终究少了摇曳波光的增色和陪伴。

于苏轼而言，美人只是一种点缀，不是主角，但又不可或缺。在他的生命里，曾有过三个重要的女人，分别是他的原配王弗、继配王闰之，还有侍妾王朝云。其中，朝云与他亦亲亦友，东坡曾笑言："知我者，唯有朝云也。"

"朝云"一名是东坡所取，源自宋玉《高唐赋》中"朝为行云，暮为行雨"的巫山神女。她笃信佛教，东坡便在《殢人娇》这首词里，把她比作了"天女维摩"。朝云抛却长袖的舞衫，专心礼佛，与东坡一起炼制丹药。东坡在一首诗里说，一旦仙丹练就，朝云将与他一起辞别人世，去遨游仙山，不会再如巫山神女一样受尘缘羁绊。他甚至信誓旦旦地写道："佳人相见一千年。"

东坡在惠州建了一所房子，他管它叫"白鹤居"，后人却一致地称之为"朝云堂"。但朝云并未住过这座房子，房子还未竣工，朝云就得了瘟疫，竟至身亡。她在闭眼之前，握着东坡的手，念出了《金刚经》上的偈语："一切有为法，如梦幻泡影，如露亦如电，应作如是观。"

从此以后，苏东坡的生命中再没出现与他亲密的女人，直到老死。当后人怀念朝云时，便会想起惠州西湖六如亭的亭柱上，出自东坡之手的那副楹联："不合时宜，惟有朝云能识我；独弹古调，每逢暮雨倍思卿。"

她是懂得苏轼的。她知他的抱负、不平、委屈，也知他在坎坷经历中变得越来越淡定从容的心。这一份知心，已是万丈红尘中最深的幸福。

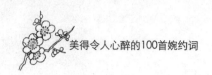

人情凉薄，情难长久

李清照《多丽·小楼寒》

咏白菊

小楼寒，夜长帘幕低垂。恨萧萧、无情风雨，夜来揉损琼肌。也不似、贵妃醉脸，也不似、孙寿愁眉。韩令偷香、徐娘傅粉，莫将比拟未新奇。细看取、屈平陶令，风韵正相宜。微风起，清芬酝藉，不减荼蘼。

渐秋阑、雪清玉瘦，向人无限依依。似愁凝、汉皋解佩，似泪洒、纨扇题诗。朗月清风，浓烟暗雨，天教憔悴度芳姿。纵爱惜、不知从此，留得几多时。人情好，何须更忆，泽畔东篱。

北宋是一个被声色歌舞包围的朝代，拥妓纳妾是男人的权利，也是士大夫的时尚。历史上很多著名的高官显贵、文人名士都曾拥红叠翠，或在家中养姬妾，或流连于花街柳巷。

在这种风气影响下，家世显赫又有才名的赵明诚若萌生纳妾的念头，也不难理解；追求个性自由、生之平等和爱之尊严的李清照对此会有不满和不安，也属正常。

由此便可知晓，这首《多丽》并非一首纯粹的托物言志的咏菊词。

冷秋的夜晚，风萧萧雨涟涟，小楼上帘幕重重低垂也挡不住侵骨的寒气，无情的风雨揉损了正在怒放的白菊。词人怨风雨无情，也是怨人之有情。"有情"是所有重情之人的死穴，人若无情，就不必为庭院里的菊花担忧，更不怕为情所困、因情而伤。

她一连用了四个典故来反衬白菊的清雅。白菊不展富贵，不像醉酒的杨贵妃一样丰腴惑人；不若东汉权臣梁冀的妻子孙寿那样善做媚态；不似西晋韩寿身藏异香；也不像徐娘着意装扮，但白菊的幽香风采又自有魅力，微风拂来，清芬蕴藉，不输于荼蘼花。

词人在上阕中写的是白菊，抒的却是个人志向。至清至明，这是她对自己的要求，也是对爱情的期待：容不得谄媚、容不得敷衍、容不得伪饰。于是，她在下阕讲了两个和"失去"有关的故事。"汉皋解佩"，得而复失，可有遗憾？"纨扇题诗"，爱而遭弃，可会伤心？

遗憾、伤心，都被易安融进朗月清风、浓烟暗雨里。她以白菊自喻，又深知"天教憔悴度芳姿"，花终归会谢；人情凉薄，纵使自己再珍惜再用力，情怕是也难长久。

况周熙《蕙风词话》中这般评价这个绝世的女子："易安笔情近浓至，意境较沈博，下开南宋风气。"在词的世界中，她极尽婉约之致；在骤暖忽寒的红尘中，她寻觅如白菊一样洁净的爱情。

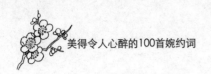

这一个温柔的秋日，值得深藏
李清照《怨王孙·湖上风来波浩渺》

湖上风来波浩渺，秋已暮、红稀香少。水光山色与人亲，说不尽、无穷好。

莲子已成荷叶老，清露洗、蘋花汀草。眠沙鸥鹭不回头，似也恨、人归早。

这幅晚秋湖景图由一个远镜头开始：高远的天空下，一片辽阔而旷远的湖水泛起微澜，秋色已深，远远望去，塘里的红莲衰萎，昔日浓郁的荷香也淡薄了些。这些意象虽泛着冷秋的韵致，但在李清照眼里，委实是一派令人怦然心动、忍不住想去亲近的山光水色——这风景之妙、之好，"说不尽"，道不穷。

镜头被推近：荷叶已然凋残，但放眼看去，尽是饱满的莲子，两岸的水草、沙渚上的萍花受清露洗涤、滋润，与摇曳的莲蓬一起，给人丰盈充实的质感，又让人感受到含翠凝碧的生命力。景色如此令人流连，但游人不得不离去，百般不舍的词人婉转地表达了内心的不舍：那眠沙鸥鹭一定舍不得让我走，你看它都别扭地不肯理睬归去的人！

这一页秋日格外温柔，似乎它的下一页不是寒风飒飒的严冬，莺歌燕舞、沁人花香马上要穿透纸张浸过来。这首词尽在写景，但字字都含情语。词人把自己的感情浇灌在客观景物之上，是为"移情"，所以山水主动与人相亲，花草水鸟都在留客，万千心事都在一"亲"一"恨"中。

这是厚厚的宋词里一页特别的秋色，少了伤感，淡了凄楚，平添了一些意气，多出了一股盎然，倒显得旁的秋都是凉的、薄的、苦的、硬的，她李易安的确又暖又浓，又甜又柔，脆生生地让这个万物凋零的季节多了三分生气，七分温柔。

虽然此时的喜悦与她日后要承受的痛苦相比，只是一瞬，即使生命的寒冬还是会一寸一寸地挤走她明媚的快乐，但这一个温柔的秋日，仍然值得藏在回忆深处，好生珍惜。

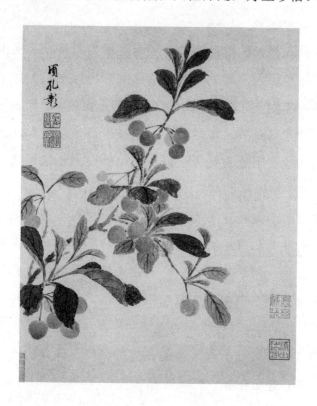

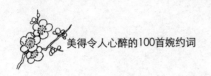

以为遥不可及，却近在咫尺

辛弃疾《青玉案·东风夜放花千树》

东风夜放花千树。更吹落、星如雨。宝马雕车香满路。凤箫声动，玉壶光转，一夜鱼龙舞。

蛾儿雪柳黄金缕，笑语盈盈暗香去。众里寻他千百度，蓦然回首，那人却在，灯火阑珊处。

这世间有一种情意叫"曾经沧海难为水，除却巫山不是云"，除了伊人，其他花花草草再妖娆再惊艳，于我不过浮云尔耳。这说的便是辛弃疾在这首《青玉案》里想要表达的。

正是元宵佳节，年轻的男女们打扮得光彩照人，纷纷来到热闹的集市上欣赏花灯。百花争艳的春天还未到来，东风已催开了一树一树的花灯争奇斗艳。

节日的烟火礼花不断地升腾而起，如同点点繁星照亮了夜空，瞬间又如流星纷纷坠落。他身边不断有富贵人家的华丽马车经过，飘来阵阵香气。不知道他心中的伊人会不会也端坐在哪一辆车辇中，在掀起轿帘欣赏路边的花灯时，经东风吹来一缕香魂。凤箫悠扬的旋律回旋在华衣丽服的人群里，皎洁的月光流转在五光十色的花灯间，舞鱼舞龙的表演此起彼伏，她会驻足在哪一处观看呢？

今夜的女子环佩叮当美若天仙，发间繁复缠绕着耀眼的珠翠，与其擦肩而过，暗香余留。可是词人心中却独独系挂着那一位，佳人到底在何方？他在花花绿绿的灯市里一路走过，灯影凌乱，他四处张望，生怕一不小心就把她错过。忽然，一个转身，她出现在了词人的视野里——纤纤身影亭亭玉立在灯火稀疏的桥边，若隐若现。她"出淤泥而不染，濯清涟而不妖"，在这嘈杂闹市熙攘人群里，独自品味风光，不随波逐流，亦不炫耀人前。

王国维在《人间词话》里用"众里寻他千百度，蓦然回首，那人却在，灯火阑珊处"来形容立业治学的第三层亦即最高层境界，即看山还是山，看水还是水，历经人世百态世事变迁，终于发现经了千辛万苦追寻，原以为遥不可及的，却近在咫尺，只叹被尘世五光十色的灯火迷了眼，没想到一心等待的，就在"灯火阑珊处"。

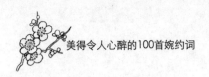

多少红尘事，只化作一笑

纳兰性德《木兰花令·人生若只如初见》

人生若只如初见，何事①秋风悲画扇。等闲②变却故人心，却道故人心易变。

骊山③语罢清宵半，泪雨霖铃终不怨。何如薄倖④锦衣郎⑤，比翼连枝当日愿。

【注释】

①何事：为何，何故。

②等闲：无端，平白地。

③骊山：在陕西临潼东南，因山形似骊马，呈纯青色而得名，是著名的游览、休养胜地。

④薄倖：薄情，负心，也指负心的人。

⑤锦衣郎：指唐明皇。

"纳兰容若的词，可以毫不夸张地说是词苑里一枝夺目的奇葩。"梁羽生提到纳兰时这般说。纳兰生于富贵，却一生为情所困，而也正是这蚀骨的疼痛，成全了他的词名。因用情深，在初遇爱情时，他爱得深沉真切，而当一切幻灭后，他在回忆的旋涡中，越陷越深。

初相遇时的瞬间流光、怦然心动，都让人眼热心跳，而后这份惊艳与倾情还是泯灭在了仓皇的光阴里——或许毁于冷漠，或许毁于背叛，或许败给了现实。

这是一首拟古之作，纳兰借汉唐典故，以一个失恋女子的口吻谴责负心的男子，词情哀怨凄婉。

起首一句，以将人生中那些不可言说的复杂滋味尽数涵盖，同时它也代表了词人的梦想：人生如果总像刚刚相识的时候那样甜蜜且温馨，那样深情且快乐，该是多么的美好。但所谓"梦想"最后常常都变成了遗憾，难怪会有人唏嘘："何事秋风悲画扇？"此处，纳兰用到了汉代才女班婕妤的典故。

汉成帝时，班婕妤被选入宫中，深得成帝宠爱。但自从赵飞燕姐妹进宫，她便被日渐冷落。由班婕妤的命运，纳兰不禁叹道："等闲变却故人心，却道故人心易变。"曾经相爱相亲的故人，难道不应该长相厮守吗？为何那么轻易就相离相弃？明明是你变了心，却说情人间本就容易变心，本就容易辜负。

下阕中纳兰又用到了唐明皇与杨贵妃的典故。他曾许她三生三世的宠爱，却在安史之乱中迫于压力将她赐死。祸乱被平定后，唐玄宗北还，途中因思念杨贵妃，曾作《雨霖铃》以悼之。悼念又有何用呢？红颜已成枯骨，长生殿里许下的誓言已被他亲自践踏成泥。

词以"何如薄倖锦衣郎，比翼连枝当日愿"作结，纳兰对薄情者的谴责较之上阕更为明显，薄情人背情弃义，"当日愿"怎不成空。多少红尘往事，最后都只化作红尘一笑，几多寂寥，让人不得不感叹"人生若只如初见"。

所有心事只能说给树洞

马守真《蝶恋花·阵阵东风花作雨》

天香馆寄陈湖山

阵阵东风花作雨。人在高楼，绿水斜阳暮。芳草垂杨新燕语，湘烟剪破来时径。

肠断萧郎纸上句。深院啼莺，撩乱春情绪。一点幽怀谁共语？红绒绣上罗裙去。

马守真是秦淮名妓，她虽出身烟花柳巷，对爱情却有着纯洁而忠诚的憧憬。从这首寄赠给友人陈湖山的词中，便可看出她在这并不顺遂人意的爱情中所受的苦。

她孤零零地站在高楼上的亭子里，看着亭外蒙蒙烟雨与点点桃红一同飘落。任凭东风吹乱她的青丝，扬起她的衣裙。不知过了多久，雨终于停了，夕阳的余晖穿过云层，映照着满江碧波。晚风中，芳草萋萋，垂柳依依，燕儿欢快地呢喃，远处小径在阵阵炊烟中时隐时现。

如此美丽动人的风景，却只有她一人欣赏。莫名的惆怅在内心蔓延，此时此刻多么希望身边能有人陪伴。只有与爱人一同游玩与欣赏，如画的风景才不会被辜负，美好的时光才不会虚度。

于是，她自然而然地想起了那个让她魂牵梦萦的人。在

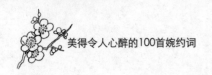

这之前，她给他寄过一封书信，纸上尽是相思词句，写的时候肝肠寸断，寄出之后又忐忑不安，也不知他是否已经收到了，更不知他何时才会寄信回来。正左思右想，突然听到几声莺啼，清脆悦耳，却扰乱了她的思绪。不仅鸟儿不懂她的幽怀，身边也无人能懂得她的烦恼。她想穿上华美的衣服，打扮得漂漂亮亮，让自己的心情变得好一些，但是，红绒罗裙再美，无人欣赏，又有什么意义呢？

身在烟花地，她不得不周旋于众多男人之间，但这些人终归只是她生命中的过客，并不曾得到她的真心。而她毕生所求，也不过是一个能与自己心灵相契的人。她用了一生，全心全意只爱了那一个人，灵魂却也因此孤独了一生。

有人相伴的时光更加美好，每个寂寞生活的人都在期盼着那个可以陪伴自己的人的出现。只不过，在遇到那个对的人之前，所有心事往往只能说给树洞听，或期待或失落的心情，全部嵌在树木的年轮里，一年又一年，最终长成了参天的回忆。

卷二　陌上花开，相思成风

　　谋爱的女子，要的不多，无非是相守而
已。但她们要的实在又太多，这相守到底是
要用一生为佐证。

相思，让人无处遁形

李白《忆秦娥·箫声咽》

箫声咽，秦娥①梦断秦楼月。秦楼月，年年柳色，灞桥②伤别。

乐游原③上清秋节④，咸阳古道⑤音尘绝。音尘绝，西风残照，汉家陵阙。

【注释】

①秦娥：秦穆公之女弄玉，善吹箫，后嫁给萧史，双双在秦楼飞升成仙。泛指秦地美貌的女子。

②灞桥：长安东南有河流灞水，汉文帝葬于此，故称灞陵。附近有灞桥，桥边多柳树，古来送行人多在此折柳送别。

③乐游原：唐代登高游览之地。

④清秋节：农历九月九日重阳节，古人有登高风俗。

⑤咸阳古道：即长安道。

这一首倾诉女子相思情意的小令，出自李白笔下。这位站在浪漫主义诗歌巅峰处的才子，赋词不多，但一落笔就令人过目难忘。女子相思之苦，清秋萧索之味，秦地高峻之貌，皆在笔墨晕染间，铺展成了一幅夺人眼球的画卷，让读者倾心，亦让读者劳神。也正是这能诱人心神的力量，才不负后人对这首词"百代词曲之祖"的赞誉。

那因相思日久而生的苦楚心事，随着呜咽的箫声一起流淌出来，在寂寥的夜里蜿蜒出寂寞轨迹，遍洒相思情意，可这情意有多深，无奈也就有多重。她必是从离别那日开始便期待着重逢，但日升月落，春去秋来，这重逢的一天迟迟未到，好梦成空，便有"梦断"二字道出她的心碎。

幽怨、缠绵的箫声已让人心碎，再有清冷的月光铺洒下来，宛如在苦寒之地又覆了一层冷霜，连春日作别时的青青柳色也陡然失了色彩，只留离别的愁苦滋味在唇间缭绕。

清秋时节，在如潮的人群里，她孑然一人立于风中，俯瞰长安风景，低处的咸阳古道上音尘断绝，不闻车轮与马蹄声，也不见飞扬的尘土，偶有三两行人，一骑车马，也是悄无声息匆匆而过，偏偏不见让她魂牵梦萦的那个人。

虽是述女子情怀的相思词，但出自诗仙手笔，仍未失了唐人高拔之妙。婉转心曲如高空中缭绕云丝，而其中的宏阔意境、浑厚气象、悲壮声情，如巍巍的秋山、落叶的古木、疏离的秋风，虽为短短小令，但其中悲凉跌宕颇有长篇古风之气，尤其"西风残照，汉家陵阙"两句，更是引王国维先生赞道："寥寥八字，遂关千古登临之口。"

相思，常常让人无处遁形。

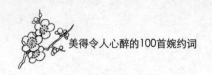

徒惹无穷怨恨无穷泪水

李璟《山花子·菡萏香销翠叶残》

菡萏①香销翠叶残，西风愁起绿波间。还与韶光共憔悴，不堪看。

细雨梦回鸡塞②远，小楼吹彻③玉笙寒。多少④泪珠何限恨，倚栏干。

【注释】

①菡萏（hàn dàn）：荷花的别称。

②鸡塞：即鸡鹿塞，在今陕西省榆林市横山区西，这里泛指边塞。

③吹彻：吹遍，吹完。彻，大曲中的最后一遍。

④多少：一作"簌簌"。

心海的阴晴，常比风景本身更重要，因此，面对相同的节令风物，才会出现那般迥异的悲喜之叹。

旷远秋日，每每逗引寂寥情事，搅扰心海涟漪。秋荷已是香销叶残，又有阵阵西风扰起绿波，江上升烟，韶光易逝，眨眼又是一季枯荣。

南唐中主李璟二十八岁登上皇位，年近而立获得了无上权威和极致尊荣，却没有可与之匹配的功业战绩，对于志在风云的他来说，显然不肯安于现状。他本也是个饱学多才、温雅敏感的文人，在这西风愁起、残荷独立时，会发出"还与韶光共憔悴"的感叹，并不奇怪。令人不忍看的，除了被四季轮回凋零了的嫣红碧翠，还有来路无成的浓浓失落。

无边细雨细如愁，阴凉天气，正宜好眠。他以梦为马，纵情驰骋，仿佛触摸到了邈远的边塞风物，莫不是早有了边塞征伐、开疆拓土的宏愿，才会在梦中施展拳脚？可醒来后，人在小楼中，周围不见嘶鸣战马，更无狼烟火光，只有瑟瑟冷风与梦境有一分相仿。独倚斜栏，玉笙声远，徒惹无穷怨恨、无穷泪水。

萧瑟西风里，一塘秋荷无声凋谢、零落，似在感慨着光阴流逝、功业未成的遗憾；细雨迷蒙里，笙歌送寒，诉说着国势不振、风雨欲来的忐忑。这首小词清丽雅致，基本已摆脱了花间词"镂玉雕琼"的弊病，又贵在灵活而不板滞，在此前众多工于雕镂的辞章中，这首凝聚着淡淡闲愁的小词显得格外脱俗。

宋时王安石对"细雨梦回鸡塞远，小楼吹彻玉笙寒"二句十分欣赏，并认为此二句的艺术成就当高于李煜的"恰似一江春水向东流"。然而，这被人欣赏的笔墨，终究没有稀释丝毫悲伤，独倚斜栏，玉笙声远，徒惹无穷怨恨无穷泪水。

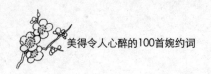

越是美好就越是遗憾

李璟《摊破浣溪沙·手卷真珠上玉钩》

手卷真珠上玉钩，依前春恨锁重楼。风里落花谁是主，思悠悠。

青鸟不传云外信，丁香空结雨中愁。回首绿波三峡暮，接天流。

尘埃未定，对有些人来说意味着希望，对另一些人则意味着折磨。

《摊破浣溪沙》又名《山花子》，是李璟传世的四首词作之一，其中"风里落花谁是主"一句，满是不安，满是莫名的惆怅，而这正是被未知结局所折磨的心情。词中主人公当是深闺中的女子，她似在思念远人，这思念中有怨有叹，还有落花无主的重楼春恨，若带入李璟继位之前的彷徨心情，倒也吻合。

女子独自登上高楼远望，视线却被珠帘遮挡，她伸出纤纤玉手将珠帘卷起，挂上了玉帘钩。视野陡然变得开阔，但巨大的空虚与彷徨也瞬间袭击了她的心。生命即无常，连时光也会苍老。转瞬春已迟暮，红杏闹枝头的活泼春光消散，垂柳拖丝、迎风戏鸟的浪漫日子结束，惜春又怨春，想把春留住，却挽不住它的手。人生难免碰到这样的矛盾：那些注定留不住的，是否该挽留——不挽留，可能会遗憾；挽留而不得，就不会抱憾吗？这如同另一个难解谜题：花欲落，究竟是因为时光的执着还是花枝的不挽留？

憔悴落花逐风而去，女子不禁感叹：谁是这落花的主人呢？竟不能将这娇花妥帖照顾，任其被风吹去而没了归宿。伤春似是因自然和生命而起的叹息，实际上常常也离不开一个"情"字。词中这女子高楼望断，其实也是为了等待归人。可千山云去，万径萋萋，不仅不见归人身影，连青鸟信使都不曾捎来半点音讯。想不再等待，可已为时太晚。多少人都是因为不愿辜负已付出的韶光，才在更加沉默而寂静的等待里，红颜披上了霜发。

如何不愁？情殇不解，又逢细雨绵绵，俏生生绽放在雨中的丁香花，也不知是开给谁看，如同她在最美的年华里却无人共度，越是美好就越是遗憾。她回首遥望深沉暮色中的滚滚河流，只见流水似是从天际而来，浩浩荡荡，一如她那绵绵不绝的忧愁。

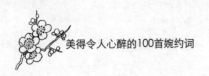

甜蜜的梦留不住

李煜《喜迁莺·晓月坠》

晓月坠，宿云微，无语枕频欹①。梦回芳草思依依，天远雁声稀。

啼莺散，余花乱，寂寞画堂深院。片红休扫尽从伊，留待舞人归。

【注释】

①欹（yǐ）：同"倚"，斜靠着。

这汹涌而来的思念，大抵是已在心里埋好了伏线多日，以至于连入梦时，李煜也舍不得将其丢掷一旁。然而梦中多少事，他只字未提。到了拂晓时分，晓月坠沉，宿云如缕，他沉默地独倚山枕，仍然没能从那个无人知晓的梦里回了魂。

怕的是，一旦从梦中惊醒，思念就会山呼海啸而来，将人淹没。大周后的辞世仿佛还是昨日的事情，但时光却没有因为李煜的伤心而做片刻停留。瑶光殿旁的梅花开了又谢，萋萋芳草像是绵延不断的思念，爬满坟茔。

在清醒时无法抵达的相逢中，他们互相倾诉别后的悲伤和思念，缱绻相偎。直到凉风钻进室内，孤枕的帝王蓦地惊醒，见窗外晓月坠、宿云微，才知此前的片刻温存不过是一场让人沉醉的大梦。他把一腔思念放逐，循着延伸到天涯尽头的芳草而去，但天远地长，佳人身影难觅，就连鸿雁的叫声都依稀难闻。

鸿雁难寻，如何传书？原来，当天人永隔后，连思念都无处寄放了。

梦回人醒，长夜到了尽头；莺散花乱，原来春天也即将挥手。雁声稀少，啼莺也纷纷振翅而去，似有别处风光更加迷人，总会比这残花乱舞的寂寞画堂多几分生气。李煜在宫殿园囿里来回踱步，小心翼翼地避开尘土上凌乱的落花。有机灵的宫人见状，赶紧过来打扫，李煜却摆手喝止。

"片红休扫尽从伊，留待舞人归"。随它落红满地，无须打扫，只盼那不知身在何处的"舞人"早日归来，也看一看这最后的春景吧！

这是大周后去世后的第一个春天，李煜独自度过。他多么期盼舞人归，盼她再迎风而舞，卷起这落满花园的片红，不知那将是怎样一幕令人心荡神摇的风景！

可惜李煜自己格外清楚，他心心念念的舞人，是不会再回来了。就像甜蜜的梦留不住，将逝的春景、已逝的美人，终究都是无法唤回的。

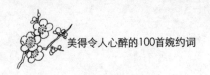

因为认真，所以不舍

苏轼《江城子·天涯流落思无穷》

别徐州

天涯流落思无穷！既相逢，却匆匆。携手佳人，和泪折
残红。为问东风余几许？春纵在，与谁同！

隋堤三月水溶溶。背归鸿，去吴中。回首彭城，清泗与
淮通。欲寄相思千点泪，流不到，楚江东。

苏轼自宋神宗熙宁四年（1071）出京后，便成了一只流
落天涯的孤鸿。杭州三年、密州两年、徐州两年，刚刚熟悉
一方水土、结识一方朋友，就要忍痛分离，赶往命运安排的
下一站。现在又到了与徐州告别的时候。这是孤鸿的命运，
不得违、不得怨，纵使痛如刀绞也仅有哀鸣几声的权利。

相逢既晚，离去却匆匆。当时有多美好，现在便有多残忍。

美人姣好，折花相赠。春已晚，花凋残。残红不悲，最
悲是离人泪。泪与花相照，泪犹残红，残红溅泪。问东君，
春色还有几许？问也是徒劳，剩多剩少又有什么关系？无人
相伴，无情可寄，徒增烦恼罢了。

东坡不忍别徐州，徐州亦不忍别东坡。苏轼对徐州的山
川地理、风土人情做过详细考察，从内心里爱上了这个自古

多豪杰的地方。如果说苏杭的特点是温柔富贵，那么徐州的迷人之处在于能令人拍手大笑、兴奋发狂。

乐则乐矣，已成过往。水流溶溶，杨柳依依，被离愁障目的诗人看每一样景物都情意无限。但它们哪一个又真正懂得诗人的心思呢？昔来徐州，杨柳依依；今别徐州，杨柳还是依依。天上一排鸿雁正往北飞，头朝着家的方向奋力展翅，而东坡却要走与它们相反的方向。一为归家，一为流落；一自做主，一听安排。好一番凄凉的对比！

走走停停，步子慢一点，离别的过程就长一点。拉长离别过程是一种折磨，但总好过戛然而别，连一点余温都存不下。回首已望不到徐州城了，东坡又发现一件遗憾的事：徐州的泗水只与淮河相通，流不到自己将要去的湖州。徐州故人若想要寄"千点相思泪"过来，都没有办法。

这里有他的付出、他的经营、他的期冀，故而，不管到哪里，他都从不敷衍自己与这个地方的缘分。因为认真，所以不舍。苏轼恋旧地方，恰似恋上一个旧情人。

相思意，何时足
辛弃疾《满江红·敲碎离愁》

敲碎离愁，纱窗外、风摇翠竹。人去后、吹箫声断，倚楼人独。满眼不堪三月暮，举头已觉千山绿。但试把一纸寄来书，从头读。

相思字，空盈幅；相思意，何时足？滴罗襟点点，泪珠

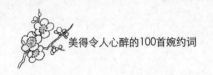

盈掬。芳草不迷行客路，垂杨只碍离人目。最苦是、立尽月黄昏，阑干曲。

　　春事将过，繁花簌簌飘落，她才惊觉又是一年过去了。一人独自枯坐房中，耳边只听得风吹过翠竹的沙沙响声。她双眉微蹙，迈着碎步踱到窗前，似在抱怨这风、这竹，将她如玻璃杯般的离愁，敲得粉碎。

　　最怕倚高楼，却日日登上层楼，或许站得远一点，再远一点，便可以望见他的身影。最怕寂寞，却总是独自一人在空旷的房舍间穿梭，本可以用吹箫打发孤单，却又怕两人弄箫赏月的时光，衬得如今更狼狈不堪。

　　辛弃疾策马款款离去时，自然界再美好的景致，也勾不起她任何兴趣。花色凋零，千山翠绿，站在春日的尾巴上，她惊觉最美的年华，也在空劳无益的思念中，渐渐迟暮。他走后，她的世界只剩下了黑白两色，白昼也如一场梦魇。唯有辛弃疾寄来的信笺，是这唯一的亮色。每每相思无以为寄时，她便将褶皱的信，拿出来一遍遍研读。好似纸页上的字，都是他的名字，都是他想念她的心事。

　　见字如晤，这用篆体或是行书写就的相思，糅合了岁月的味道，让她透过千万里的距离，懂得了他的惦念。然而，这冷冰冰的薄纸虽满是思恋，却终究载不动她如潮水般翻涌的爱意。滴泪成泉，不仅沾湿了罗襟，竟然都能用手来捧。

　　爱情或许就是一种赌注，认真的人多半会输。然而，愈是输得彻底，便愈执着地下注。将一生押在里面，用等待期望他归来，笃定他终有一日会再出现，于是一次又一次倚楼而望。只可惜就算望眼欲穿，任凭黄昏落幕、弦月初升、垂杨遮掩，也望不到天涯极处，也等不到归人。

辛弃疾词多半豪迈雄壮，但这首词写得缠绵悱恻，凄婉动人。邹祗谟在《远志斋词衷》中说"稼轩词，中调、小令亦间作妩媚语"，这首词应当作为此句的印证。

她望穿了秋水，也望断了时光
陈亮《水龙吟·闹花深处层楼》

春恨

闹花深处层楼，画帘半卷东风软。春归翠陌，平莎草嫩，垂杨金浅。迟日催花，淡云阁雨，轻寒轻暖。恨芳菲世界，游人未赏，都付与、莺和燕。

寂寞凭高念远，向南楼、一声归雁。金钗斗草，青丝勒马，风流云散。罗绶分香，翠绡封泪，几多幽怨！正销魂又是，疏烟淡月，子规声断。

陈亮所留于世的七十多首词，多为豪放气概之作，何来此脂粉气息厚重的"闺怨"之语？其实，才子佳人之事与国家盛衰兴亡之间，往往有着剪不断的关系。山河破碎的背后，有无数人为之泣不成声，也有无数人强忍着眼泪，而与这国仇家恨相关的爱情，往往更加凄厉动人。

又是一年春归来，残垣败瓦下又冒出了茸茸春意，杨柳刚冒出的嫩芽在春风之中如金线般摇曳。严寒过去，时日见

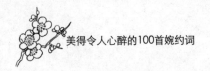

长，繁花在这春光之中绽放。淡云飘过，细雨初收，实在令人心旷神怡。只是可怜眼前这芳菲世界，游人未曾欣赏，只有廊前柳间飞舞的莺莺燕燕不时往来。

她倚靠着栏杆，极力遥望远方，却没有看到心中念想了千百次的人，况且雁归人不归，那种寂寞和寥落更让人心生惆怅。曾经在花间树下斗草嬉戏，策马在外飞驰的日子，也如天边流云，被风吹散而去。孤坐在晨光之中，手中握着临别之时互赠的香罗带。睹物思人，眼泪不时滑落，她便用手中软绡擦拭着，这渐湿的罗帕，是她深情的最好见证。

曾几何时，他与她也曾在那"疏烟淡月"的好景中立下盟约，但如今，一切都因国仇家恨而发生了改变，有情人被残酷的现实分隔千里，难得音信。那一声声子规鸣声如泣血一般凄厉，将她心中的梦境打碎。

一点春风，十分憔悴，在那一次次凭栏远望中，她望穿了秋水，也望断了时光。时间如流水般逝去，美人的容颜如花一般，初绽、盛极、凋落、化泥，一切的兴亡荣辱、爱恨情仇都终将被浩大的时代遗忘，只有那一行眼泪、一弯淡月、一抹疏烟将被永远铭记。

黎明来了，好梦就破了

史达祖《解佩令·人行花坞》

人行花坞①，衣沾香雾。有新词、逢春分付。屡欲传情，奈燕子、不曾飞去。倚珠帘、咏郎秀句。

相思一度，秾愁一度。最难忘、遮灯私语。淡月梨花，借梦来、花边廊庑②。指春衫、泪曾溅处。

【注释】

①坞（wù）：四周高中间低的处所，或四面挡风的建筑。

②庑（wǔ）：堂下四周的廊屋、走廊。

梨花似雪草如烟，家家粉影照婵娟，佩环叮当之处，拂过花丛的是美人那柔软的薄纱春衫。人行在花坞里，"衣沾香雾"，残花在风中飘落如乱蝶纷飞，落在春衫上，染上一身花香。东风阵阵，花香醉人，怎能不让人感叹春日的和煦与美好？上阕写美人穿行在美好的春色里，但这美好里又萦绕着浅浅愁思，原来她也是为相思所苦。

如画春光，自然不能辜负。美人遥想昨昔，两人携手同游，郎谱新词妾吟唱的情景还历历在目。如今天各一方，见面尚且不易，谈何以新词新曲传情！她在信笺上写下句句相思，落笔之处皆是深情，想托檐下燕子代为传递，怎奈这鸟儿却不曾飞去。既如此，便重吟匣中旧作，以聊解相思。"倚珠帘、

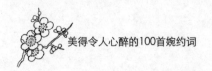

咏郎秀句"，她倚着珠帘，翻看旧时诗词，眼过处尽是情人身影，满腹愁绪又浓了几分。

花影深深，月影重重，或许他曾与佳人在花边回廊幽会，现在却只剩自己对月伤怀。所谓"相思一度，秾愁一度"，相思每增加一分，愁绪也就增加一分。她想起过去"遮灯私语"时，一灯初见影窗纱，重帘灯影下，二人相依而坐，并肩私语。但现在，满腹深情和愁思却只能在梦中倾诉。他借着一宵好梦，在月淡梨花香的夜晚，任凭思绪回到昔日幽会的"花边廊庑"，"指春衫、泪曾溅处"，将衣衫上的相思泪痕指给佳人看，让她知道自己同样饱受相思折磨。

梦到深处，情到深处，却又如薄纸，黎明的光芒轻轻一戳，好梦就破了。

史达祖生于南宋，此词用笔细腻，将刻骨相思描绘得极为精雅、清丽，全词炼字炼句用工奇绝，无怪乎况周颐在《蕙风词话》评此词为"以标韵胜"。

沧浪之上，钓不回昨天

无名氏《眼儿媚·杨柳丝丝弄轻柔》

杨柳丝丝弄轻柔，烟缕织成愁。海棠未雨，梨花先雪，一半春休。

而今往事难重省①，归梦绕秦楼②。相思只在：丁香枝上，豆蔻梢头。

【注释】

①省（xǐng）：明白。

②秦楼：喻指女子闺房。

从骨子中散发出的忧伤，仿若凛冽的寒风、沁凉的冰雪，即使裹上了明亮光芒、鲜艳颜色，也是冷的、凉的，让人不敢轻触。本想着用自己的体温慢慢取暖，最终却发现一切不过是徒劳；也想要用明媚的春日打发这寂寥的日子，却也是落了个在春天中狼狈逃离的结局。

此时碧玉一树，春风似剪，柔媚杨柳袅娜摇曳，好似女子柔媚的细腰一般挑拨人心。海棠还未遭雨打，仍然迎着明媚春光绽放；争强好胜的梨花，唯恐落后，抢先在枝头铺了团团簇簇的白雪。这良辰美景，本该值得她欢喜的，然而，他不在身边，再绚烂的景致映入她眼眸，都会生出愁。

这愁无形、无色、无味，更没有重量，却生生地潜伏在

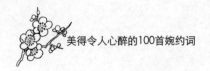

胸口，压得人喘不过气来。这绵长的"烟缕"，丝丝缕缕，剪不断，理更乱，渐渐织成一张爬满寂寞的锦缎。这锦缎又何尝不是一张网呢？网罗了她的愁绪，拢住了她的相思，亦俘虏了半个春日。

　　徜徉在无尽的忧伤中，痴情的她唯有将回忆当作救赎。在秦楼中，她也曾与心仪的男子煮酒泼茶、吟诗赏月；情意比夜色还要浓时，也在花前月下，许下携手白头的誓约。然而，沧浪之上，永远也钓不回逝去的昨天。往事从来不会重演，就算梦魂能抵达昔日，那段怦然心动的岁月，也失却了温度。

　　愈是留恋，便愈是思念，秦楼梦远时，她只好将满心的惦念托付给丁香与豆蔻。深情深几许，恰似丁香郁而未吐；愿望诚可坚，仿若豆蔻结连理。这个为爱痴狂的女子，就是这般为爱情下了一生的赌注。

　　谋爱的女子，要的不多，无非是相守而已。但她们要的实在又太多，这相守到底是要用一生为佐证。

有情的心，才是爱情的关键

吴骐《踏莎行·花堕红绡》

花堕红绡，柳飞香絮，流莺百啭催天曙。人言满院是春光，春光毕竟今何处？

悄语传来，新诗寄去，玉郎颠倒无情绪。相思总在不言中，何须更觅相思句。

《踏莎行》是常见词牌，不同文人笔下各有意境。欧阳修的《踏莎行》深情款款，一句"寸寸柔肠，盈盈粉泪，楼高莫近危阑倚"，把离别之情描写得腻甜而忧伤，而清人吴骐笔下的《踏莎行》里，则流淌出的是少女的相思。

吴骐以写艳词闻名，这首词把少女的相思表达得若即若离，却又惟妙惟肖。少女隔窗眺望着远处的春景，只见花瓣零零落落地铺在地上，纵然是香消玉殒，也终究是有了归宿。漫天柳絮纷飞，嫩绿的柳条随风飘荡。

阳光轻轻地洒在少女的衣襟上，却照不进她的心。她的心扉紧掩，纵然外面已经是春意盎然，却也被她拒之门外。等待和相思的苦，让她的生命犹如严冬，没有显露出丝毫春天将至的气息。在她看来，能够带给她春天的，只有她日思夜盼的情郎。

少女想把内心的相思和苦痛写成绵绵情话，寄给远在天边的他，她相信他也定有许多话想要对自己倾诉，但信要寄

到哪里去呢？她连对方身在何处都不知道，只好暗暗安慰自己：他也一定饱受相思之苦，只是不知用怎样的言语表达，才未给自己寄来书简。相思的苦乐，无法用言语全部道出，再伟大的文人，再惊人的才华，也只不过能描摹出其中的一两分。不过，有时候，若两颗心灵犀相通，不管隔着多么遥远的距离，纵使无言，也能感应到对方的思念。

　　吴骐的这首小令，将男女相思写得唯美动人。朝夕相处固然是令人憧憬、让人羡慕的相爱模式，但并非人人都能如愿。宋人秦观词中写得好，"两情若是久长时，又岂在朝朝暮暮"。就像传说中的牛郎织女，纵使每年只有一次鹊桥相会，"金风玉露一相逢，便胜却人间无数"！真正深刻的爱情，可以跨越空间的距离，可以抵挡时间的消磨，两颗有情的心，才是爱情长久的关键。这样的默契与深情，才更是荡气回肠。

双栖双飞，永不分离

纳兰性德《蝶恋花·辛苦最怜天上月》

　　辛苦最怜天上月，一昔①如环，昔昔都成玦②。若似月轮终皎洁，不辞冰雪为卿热。

　　无那尘缘容易绝，燕子依然，软踏帘钩说。唱罢秋坟愁未歇，春丛③认取双栖蝶。

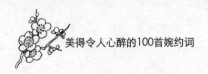

【注释】

①一昔：一夜。昔，同"夕"，见《左传·哀公四年》："为一昔之期。"

②玦：玉，佩玉的一种，形如环而有缺口，借喻月缺。

③春丛：春日丛生的花木。

每逢静夜，思念便无处遁形。他看着天上明月，每月三十日里，只有一夜是如玉环般的圆满，其他夜晚都如玉玦般残缺，于是不由得在《蝶恋花》的开篇就发出了"辛苦最怜天上月"的感叹。昔日里，纳兰与卢氏少聚多散，即便心中柔情一片，终究没有好好陪伴她，如今卢氏早早过世，再追悔却已经来不及了。

他在梦中与亡妻相会，梦中分别时，妻子说道："衔恨愿为天上月，年年犹得向君圆。"故而，上阕中"若似月轮终皎洁，不辞冰雪为卿热"两句，实则是词人对梦中亡妻所吟断句的直接回答——假如亡妻化为天上明月，自己定不会因"高处不胜寒"而生畏惧，不怕冰雪凉刺骨，也不怕月中孤寂清苦，定会陪伴在她身边，夜夜为她送去温暖。

卢氏已病逝，魂魄渺渺，今世的尘缘已被画上了句号。幻想成空，词人又重重地跌落到了现实里，只见"燕子依然，软踏帘钩说"。燕子不懂人的忧愁，依然轻轻地踏在帘钩上，呢喃絮语。往昔，他和妻子也曾如梁间双燕，度过了甜蜜而温馨的快乐时光，但这一切最终是随着妻子的去世而全部终结。

"唱罢秋坟愁未歇，春丛认取双栖蝶"，纳兰对妻子那缠绵不绝的思念，是这般淋漓尽致。他说：我在你的坟茔前悲歌当哭，但即使这样，心里的愁情也未得到丝毫消解。只想与你的灵魂双双化作蝴蝶，在花丛中双栖双飞，永不分离。

生之遗憾，若能在死后求得圆满，倒也算是一种弥补，但是，人死之后是怎样的情景，又岂是人能掌控的？所以，再好的祈愿终归只是祈愿，成与不成，我们都做不了主。

卷三　一个人的天荒地老

人生如梦，而那梦里的光华究竟是真实
还是虚假，此时也已不甚明了，只知道即便
富可敌国，位极人臣，也换不回光阴一寸，
留不住故人离散。

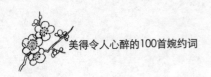

忘掉挚爱，岂是容易事

柳永《雨霖铃·寒蝉凄切》

寒蝉凄切①。对长亭晚，骤雨初歇。都门②帐饮无绪，留恋处、兰舟催发。执手相看泪眼，竟无语凝噎③。念去去、千里烟波，暮霭沉沉楚天阔。

多情自古伤离别，更那堪冷落清秋节！今宵酒醒何处？杨柳岸、晓风残月。此去经年④，应是良辰好景虚设。便纵有千种风情，更与何人说？

【注释】

①凄切：凄凉急促。

②都门：指汴京。

③凝噎：形容哽咽难语的样子。

④经年：指一年或多年。

寒蝉唱响了挽留的悲歌，一声比一声凄切。古道边，长亭外，总是伤心处，柳永回首望着京城那模糊的轮廓，若无其事地打量着秋日的风物，刚刚下过雨，触目所及只觉萧瑟。一场秋雨一场凉，何况是被离愁笼罩的人呢？想必此时此刻更是心比秋凉。

在京郊长亭设宴，珍馐满盘，本应歌酒言欢，好好道一声"珍重"，无奈离别在即，仍是食不知味。船夫已在小舟上催促启程了，本故作镇定的他顿时一番心慌悸动，忙拉住对方的手，想最后再说些缠绵的情话，但话未出口眼泪先落。原来伤心到了深处，不仅眼泪不听话，连倾诉也力不从心。唯有握着对方的手，无语凝噎。就这样道别吧，不必再许归期，谁都心知所谓"归期"常常会变成清晰却又最渺茫的日子，最后不过是空耗了一段华年罢了。

遥想离别之后，千里烟波，暮霭沉沉，楚天空阔，实是浩瀚景观。但词人将孑然一身穿行于这浩渺烟水里，如拣尽寒枝无处可栖的孤鸿，越是壮阔的风景，就越是落了寂寞。

柳永本就多情而敏感，离别时感受到的痛苦自比薄情者更甚，何况又是在这样一个清冷落寞的秋日离开。江上夜色苍茫，扁舟乘夜而行，柳永更是百般寂寥，唯有以酒解忧。待他酒醉清醒已是拂晓时分，被划桨声惊醒的一两只水鸟惊叫着从低空掠过，词人的心事也被唤醒——原来不知不觉间已和她隔了千山万水，情人身影难觅，他的眼前唯有对岸杨柳，晓风残月。刚刚离别，"今宵"就得靠醉酒才能度过，想到此去经年，无数良辰再无人共度，美景再无人共赏，遗憾便排山倒海而来。纵然有万千风月情怀，恐怕也再无人可诉，无人会如她知他心事。

《雨霖铃》之美，固然在于意境、音律等各方面的绝佳造诣，但其中若无动人情意，定然会失了光环。生离诚然是最悲伤的事情之一，结识新相知也确实值得欣喜，但在离愁未散、新人未识之前，想忘掉挚爱旧侣，岂是容易之事？

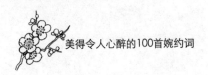

爱情的悲喜不分古今

张先《一丛花令·伤高怀远几时穷》

伤高怀远几时穷？无物似情浓。离愁正引千丝乱，更东陌、飞絮濛濛。嘶骑渐遥，征尘不断，何处认郎踪！

双鸳池沼水溶溶①，南北小桡通。梯横画阁黄昏后，又还是、斜月帘栊。沉恨细思，不如桃杏，犹解嫁东风。

【注释】

①溶溶：水缓缓流动的样子。

独上高楼，凭栏远眺，这无尽的愁绪何时才能穷尽？清风吹拂着女子的长发，吹起的又何止是寸寸青丝，更是她心中无尽的怅惘。春日本来是充满希望的时节，但这满眼纷飞的柳絮，只会让女子的思念之情更加无法化解。嗒嗒的马蹄声越来越远，心爱的人策马扬长而去，只留下身后扬起的尘土，这一别，更不知何日再聚。

水中的鸳鸯依然是成双成对，但池塘边看鸳鸯的人却形单影只。就在这样无尽的遐思中，她伫立到黄昏，等回过神来，看着斜日映照的楼梯和画阁，便更清醒地意识到了离别的伤感。从此，无数个夜晚只有清冷的月光点缀着女子的相思，纵有百般怨恨，也只得独自承受。尚不如那枝头的桃花，可以在即将凋零之时与东风厮守，浪迹天涯。

这是北宋词人张先的作品，闺怨正是他擅长的题材。他总是能把女子独守空闺的心思刻画得细致入微，柔婉含蓄，而又情韵浓郁。"沉恨细思，不如桃杏，犹解嫁东风"，看似无逻辑可循，却如清代贺裳在《皱水轩词筌》中所言，具备了"无理而妙"的乐趣，把一个痴情女子的切切情意，表达得十分细腻。

女子思念郎君的细微心理变化，在张先笔下得到了生动而细致地展现。仿佛词人就是那思妇，孤独地伫立在阁楼上，满城春意融融，却暖不透一颗孤独的心。寥寥百字，如千言万语，勾画出一幅惨淡春景，在这风景里，融汇着浓浓苦情，将女子与情人分别后的孤苦和寂寞渲染到极致。

想来爱情的悲喜、聚散的无奈，都是不分古今的。张先的这首《一丛花令》，传达出来的何止是某一个女子的心事，以后也必定成为更多思妇情感的寄托。那女子登高远眺的背影，从来不曾消失过，更是历来饱受相思之苦的女子的缩影。

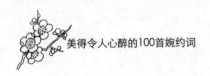

人生如梦，留不住离散

晏殊《木兰花·池塘水绿风微暖》

池塘水绿风微暖，记得玉真①初见面。重头②歌韵响琤琮③，入破④舞腰红乱旋。

玉钩阑下香阶畔，醉后不知斜日晚。当时共我赏花人，点检如今无一半。

【注释】

①玉真：道教中的仙人，此处代指佳人。

②重头：词曲术语。

③琤琮（chēng cóng）：象声词，形容玉石撞击的声音或流水声。

④入破：唐宋大曲的专用术语。大曲每套有十余遍，入破为其中一个音乐段落的名称。

风景一如往日，池塘水绿，春风也似曾相识，只是凭栏观景之地，只剩下晏殊独自一人徘徊，酒后思绪泛滥如春水，心头一池波澜，更是惹得他满心惆怅。

他想起很多年前，也是在如此美好的时节，他遇到了她。那时，她是歌舞伎，他为风流客。管弦声动，绿袖红裙，她舞姿曼妙，歌声动人。而晏殊必是懂得她每一次眼波的流转，每一个舞姿的回旋，否则他不至于对"重头歌韵响铮琮，入破舞腰红乱旋"的景象如此记忆犹新。只可惜，她的舞姿早已隐没于时光深处。而今，晏殊故地重游，只见花月依然，故人却已不在。

若是以前的晏殊，写到"醉后不知斜日晚"时，就该破开这股沉重衰瑟，转入轻快放旷的表达了。可是写这一阕《木兰花》，晏殊却在末尾将离合悲欢的哀痛拖入了万劫不复之地。

"当时共我赏花人，点检如今无一半"，这样的句子，任谁读了都要怅然。都说青春往事，老来悲叹，原来人到了暮年，便是连身边的人都不能点检的。一点检，就要生出悲凉。回首往事，尽是美好，醉人的花香在黄昏的风中弥漫，佳人的浅笑在缤纷的席间低回；看今日情景，却只余寂寥怀恋。昔日一起把酒言欢、玩赏风雅的宾朋们，如今安在？

此时他站在夕阳尽头，回望自己这一生，却发现眼底、手中、心间，竟是什么也没有留下。人生如梦，而那梦里的光华究竟是真实还是虚假，此时也已不甚明了，只知道即便富可敌国，位极人臣，也换不回光阴一寸，留不住故人离散。

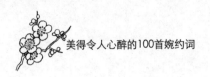

他的思念笼罩了整个梦境
晏几道《蝶恋花·梦入江南烟水路》

梦入江南烟水路，行尽江南，不与离人遇。睡里消魂无说处，觉来惆怅消魂误。

欲尽此情书尺素，浮雁沉鱼，终了无凭据。却倚缓弦歌别绪，断肠移破秦筝柱。

晏几道与其父晏殊齐名，世称"二晏"。他出身官宦，锱铢京城，才华横溢却不作进士之语，人百负己却终不心怀疑怨。他的词总是被伤感覆盖，哀感而顽艳，这一首有关梦境的《蝶恋花》即是如此。

江南，千里烟波，小巷人家。它好像是由无数文人在梦里织就的。梦里有金陵美人，春燕衔泥，柳荫绕湖堤；有南朝四百八十寺，烟雨楼台；有三秋桂子，十里荷花。晏几道也做江南梦，梦里却什么也没有。

那一晚，他梦到了江南。梦中的风景里，有氤氲水汽，迷离烟雨，还有一条弯曲的小路，延伸到朦胧的梦的尽头。只可惜，风景入不了他的眼，他行遍江南，也只为了寻找离人的踪影。所以，风景淡化成了背景，而他的思念便像江南的烟雨一般不消不减，笼罩了整个梦境。

是谁说分离的人梦中一定可以相逢？谁说想念一个人越深，那人就一定入得了这人的梦？晏小山怀念江南女子所写下的这一阕词，就不曾梦见佳人身影，醒来时，反而离情更重。

本欲寄一封相思信笺，却猛然意识到她根本无法收到。于是为了抒发别绪，只好翻作遣怀曲，移遍筝柱，却仍只奏出断肠声。他是梦里觅人无处，无处诉销魂，醒来却更是销魂。然而，梦中虽遇不见离人，总算还可以聊作安慰，若没有了梦，只怕相思之苦更无出口。

晏几道的这阕词，当是最动人的情书。他费尽了心思手段只想告诉她，风景在他人眼底，而他想的只是她。

与他相恋的女子想必也是位色艺双绝、倾国倾城的歌女，两人的缘分可能始于某次好友的盛宴，女子抱弦缓歌时，珠圆玉润的强调似春风拂面，轻易便醉了词人的心。这段不为人知的风流韵事，本会随时光流尽，淹没于漫漫的历史长河。

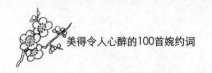

但多亏词人多情，流转出千千心结，娓娓道来爱情故事，我们才能与他魂梦所系的爱情不期而遇。只是晏小山的爱情永远只存在虚幻的梦里。

浅薄的际遇，只能无疾而终
王安国《减字木兰花·画桥流水》

画桥流水，雨湿落红飞不起。月破黄昏，帘里余香马上闻。
徘徊不语，今夜梦魂何处去。不似垂杨，犹解飞花入洞房。

世间最美的事，莫过于在锦瑟年华邂逅一个倾心的人。倘若对方也是柔情蜜意，愿将寸寸时光化作绕指柔，那便是命运最慷慨的赐予。王安国就是如此幸运之人。

词人并没有点明，那里是不是姹紫嫣红皆可开遍的江南，亦未曾说那时是否为草长莺飞柳浓时的三月，只是淡墨涂染，轻声相诉，如窗外的小雨般絮絮叨叨地讲述那一次偶然的相遇。画桥半弯，流水如缎，水声潺潺，落英缤纷，看到这般美景，任是铿锵铁骨也会酥软沉醉其中。更何况，这番景致还笼罩在清凉的月光中，更是如梦如幻，好似进入了仙境。

王安国写词向来清丽婉约，注重炼字，此处"落红"，因用"湿"和"飞不起"来修饰，并无狼藉状，既凸显出落花的晶莹洁净，又表现出绵绵细雨之下花瓣湿重的特点。且这些花瓣静静点缀于"画桥流水"之间，出现在"月破黄昏"之后，韵味尽显，朦胧毕现。

就是在这样一个滴答着小雨的时节，在落红满径的小路上，在月光倾洒的夜晚，他们相逢了。"帘里余香马上闻"，她散出的袅袅体香，从风掀起的帷帘中飘出，被他小心翼翼地捕捉到，再整整齐齐地收藏。尽管他未下马，她也未出轿，但心灵的交合，已替他们传递了万语千言。

然而，时光从不会因两个人的相遇而停驻，女子的馨香还未散尽，香车便已无处可寻。瞬间的美好，却要用余生的思念与徘徊作为代偿，这未免太过残忍，但古往今来深陷情渊的人，从不觉得这是一种苦，反倒乐此不疲地冲进这爱情的泥沼。

此时失魂丢魄的他，茕茕孑立地站在原地，回味着前一刻的幸福，品尝着此时的孤寂，在极大的落差间寻思"今夜梦魂何处去"。此时那小桥流水的风景，也在瞬间凋零。词人本已忧愁至极，那纷纷扬扬的柳絮还来添恨。杨花犹可随风潜入心爱人的闺房，他却只能孤零零地怅惘。

能相遇固然是种缘分，但就是这浅薄的际遇，在渐渐暗下去的时光中，无疾而终。

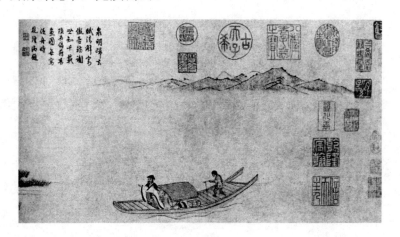

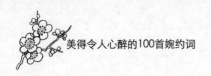

好景无常，沧海即为桑田
秦观《八六子·倚危亭》

倚危亭，恨如芳草，萋萋划^①尽还生。念柳外青骢^②别后，水边红袂分时，怆然暗惊。

无端天与娉婷，夜月一帘幽梦，春风十里柔情。怎奈向、欢娱渐随流水，素弦声断，翠绡香减，那堪片片飞花弄晚，蒙蒙残雨笼晴。正销凝，黄鹂又啼数声。

【注释】

①划（chǎn）：同"铲"，用铲撮取或清除。

②骢（cōng）：青白色的马。

离别的苦痛好似一种瘾，无论怎样挣脱，想要戒掉都是徒然。就好像明知独倚高楼，满目凄然，却还是幻想能站得高一点，或许就能看到那个始终在梦中萦绕的身影。萋萋芳草，尚且年年蔓延，为何她却一去不返，这不由得词人不"恨"。然而，这恨又何尝不是一种爱，恨绵长细密，爱也就缠绵不绝。在等待中，爱与恨，盼与怨，总是纠缠不休。

有些记忆，被时光湮没，交还给了岁月。但总有些故事，被流年冲刷得愈来愈清晰，拨开层层云雾，那塞塞窣窣的线索，依然如初。词人犹记得，相去离别之时，水边柳旁，骢青袂红，佳人依偎，而今萧索茕独，又怎不让人"怆然暗惊"？

词人也总是在想，既然命运的齿轮转到了他们相合的一齿，又为何让他们短暂相守后，没来由地离散？琥珀色的月华，曾偷偷窥去了她那堪与罂粟花媲美的娉婷之姿，又悄悄聆听了他们的款款誓约，还有那催醒整个花园与满树柳枝的春风，也曾静静记下了她的柔情蜜意。奈何，奈何，好景不长，倏然间沧海即为桑田。

一时相爱，却要用一生去缅怀。欢愉欣悦交付给流水时，一切皆成空。琴弦蒙尘，再不见佳人。就连蒙蒙残雨、片片飞花，也来敲愁助恨。正当词人凝愁时刻，又偏偏听到黄鹂婉转的啼声，透过帷帘一声声传过来，又一次跌进冰冷的现实，"怆然暗惊"。

秦观与黄庭坚、张耒、晁补之合称"苏门四学士"，作词清新妩媚，李清照曾在《词论》中赞其词曰："专主情致，而少故实，譬如贫家美女，虽极妍丽丰逸，而中乏富贵态。"这一首《八六子》便极尽艳丽语，就连离愁与相思都用美的意象串联起来。"危亭""芳草""柳外青骢""水边红袂""夜月一帘""十里柔情""片片飞花""蒙蒙残雨"，无一不美，又无一不含愁。

真爱有时要的不是完美，而是完整。如若不历经千回百转，没有离别与相思的幽怨，则会少了刻骨铭心。敢于爱，就得敢于承担这些撕心裂肺的牵扯与疼痛。

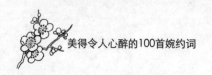

繁华背后便是忧伤

周邦彦《忆旧游·记愁横浅黛》

记愁横浅黛，泪洗红铅，门掩秋宵。坠叶惊离思，听寒蛩夜泣，乱雨潇潇。凤钗半脱云鬓，窗影烛光摇。渐暗竹敲凉，疏萤照晚，两地魂消。

迢迢，问音信，道径底花阴，时认鸣镳①。也拟临朱户，叹因郎憔悴，羞见郎招。旧巢更有新燕，杨柳拂河桥。但满目京尘，东风竟日吹露桃。

【注释】

①镳（biāo）：马具。

木叶坠地，寒虫夜泣，门外秋风秋雨，门里佳人憔悴懒梳洗。寥寥数笔，就勾勒出了一幅经典的闺怨场景。只不过，在被诗化的忧伤之下，仍然看得出"画饼充饥"的痕迹。

在这幅感人的相思画卷里，又是泪乱红装，又是因郎憔悴。明明是词人自身承受的相思之泪和风尘憔悴，却全被转移到佳人身上。只怕"迢迢，问音信"里的忐忑不安，才是词人的真实心绪。

周邦彦日思夜想的这位佳人正是正值青春年少，在风月场名声日隆的李师师。甚至连堂堂天子宋徽宗也爱慕佳人绝色。宋徽宗一直喜欢微服夜行，他白日与蔡京等无行文吏吟风弄月，晚上则踏月冶游，荒废政事。某天，这位风流天子听说汴京城里出了一位新花魁，便慕名前往，一见之后，便对她宠幸有加，"从此君王不早朝"。堂堂天子夜会烟花妓女，这香艳而荒唐的风流韵事很快成为北宋的社会话题。周邦彦回汴京途中，亦有所耳闻。

于是，词人才有了"旧巢更有新燕"的沮丧语。此句与全词并不连贯，前面都是以佳人的坚心固守铺演成文，此处却是羁旅行客的黯然独白。意脉的断裂，正道出词人步履踌躇、进退失据的内心。

在《忆旧游》的结尾，烟尘迷眼，东风中，桃花盛。汴京春光一如往日般妩媚，词人却倍感怅惘。也许繁花背后便是这路程的忧伤终点，故而全词到此戛然而止，周邦彦看着满树荼蘼，再不愿往前挪动一步。后人赞周邦彦，说他是"词家之冠"，王国维也说他"言情体物，穷极工巧"。此词恰体现这一美言。

相思与潮共生，绵延不尽
毛滂《惜分飞·泪湿阑干花着露》

富阳僧舍作别语赠妓琼芳

泪湿阑干花着露，愁到眉峰碧聚。此恨平分取，更无言语空相觑。

断雨残云无意绪，寂寞朝朝暮暮。今夜山深处，断魂分付潮回去。

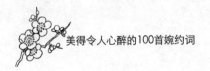

毛滂写小令，喜在词前添一小序，以补小令在叙事上的缺陷。此词小序点明所写的为别离之事，且将别离地点和所别之人都一一交代清楚，如此一来，词的内文便不用再分出笔墨交代事件，便于充分言情抒怀，由此可见小序之于词的作用。这首《惜分飞》胜在情长意挚，因出自真实经历，故不见分毫造作之语。

世人总是无法参透相遇与分诀的秘密，总以为共赏细水长流是情理中事。但命运的局，早在相逢的那一刻便布下，待人们一步步靠近。当离散之时来临，脸上微笑的弧度渐渐下拉，方才了悟，再绵长的爱情终也抵不过冰凉的光阴。

此地一别，后会无期，又怎么不惹人伤怀？说好的只送一程，却不忍挥手说再见，练习了数次的"珍重"，也因哽咽生生卡在了喉咙。于是，就再送一程吧，或许隔了山岳、隔了江海后，就再也记不清彼此的容颜。但这离别的过程一旦拉长，也就无端牵扯出瑟瑟的疼痛。从杭州到富阳百余里的途程，她脸上的泪珠从未间断，好似清晨带露的花朵；她如远山一般的眉黛也始终紧蹙不展。

他流浪四方，以天涯为家；而她不过是青楼中的烟尘女子，但爱情的萌芽与绽放，从不因两人地位不匹而停滞。但他们忽略了，花朵终会开至荼蘼，就算两人心心相印，亦无法免受离恨的折磨。说再多依恋的话也无法挽回这场别离，再怎么"执手相看"，也只看见彼此的"泪眼"，听到对方的"无语凝噎"。这沉默的啜泣，甚至比银瓶乍破水浆迸般的喧哗更为绝望。

天空中残云片片，小雨绵密如丝，细细地沁进人心底。

断云残雨已让人心生凉寒，更令人惆怅的是露水姻缘的终止。此后，这一双璧人，朝朝暮暮都得忍受思念的煎熬。想必今日归去，词人定是无眠，无奈中也只好将一腔梦魂"分付"给潮水，让相思与潮共生，绵延不尽。

孤零零的夜里，寒意浸染
周紫芝《鹧鸪天·一点残红欲尽时》

一点残红欲尽时，乍凉秋气满屏帷。梧桐叶上三更雨，叶叶声声是别离。

调宝瑟，拨金猊。那时同唱鹧鸪词。如今风雨西楼夜，不听清歌也泪垂。

爱情来过了一下子，有人就为此沉迷了一辈子。

窗外的更漏声惊破长夜，在不成眠的人的心头割开一道伤口。他就在这孤独的夜里，辗转反侧，独守着一盏忽明忽暗的青灯，心思不知飘向何处。油灯将枯，灯火将残，幽幽一点烛光就好似他对她的期待，不明，不灭，照不亮黑暗，也不肯就此熄灭让他死心。除却求而不得，不得尚不死心才是爱情里更加恶毒的诅咒。

"残红欲尽"，夜晚也即将过去，而人尚未入睡，室内满是"乍凉"的"秋气"。这凉意本看不见摸不到，只因人满怀凄凉愁绪，才感觉满室生寒。却偏偏屋漏又逢连夜雨，雨打芭蕉固然是美的，却常常唤起世人的愁绪，有的人因事

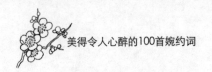

而愁，有的人因情而愁。周紫芝当属后者。隔着薄薄的窗纸听着细雨淋湿梧桐的声音，淅淅沥沥，就好像敲打在心上，点点滴滴唤起他对别离的感伤。

孤零零的夜里，寒意浸染，唯有在回溯时光中能捞取些许温暖。历数光阴，他记得最为清楚的还是那段明媚似锦缎的时刻。彼时，他与她一起抚琴调瑟，一起拨动炉中的燃香，使满室生香，暖意融融。两人一起吟唱的爱情曲辞，更将这番柔情蜜意烹调得香艳。但这你侬我侬的情意，却被无情地冠上"曾经"二字，这又何尝不让人红了眼眶？

回忆越鲜妍，就衬得当下越清寒。追忆温馨昔日，也就开启了今日痛楚孤寂之门。往昔因听美人唱清歌而垂泪，今日独处西楼，再没有佳人添香的美事，亦无清歌可听，更是泪落如雨。

南宋文人周紫芝喜欢晏几道的词，因而多有模仿。小山词多写与相识歌女"悲欢合离之事"，周氏的这首《鹧鸪天》亦撷取了"忆别歌女"的片段，虽是临摹，却添进了工疏有致、错落跌宕的笔墨，悱恻缠绵的情韵堪与小山词媲美。

赏花人不在，鲜花为谁开

李清照《凤凰台上忆吹箫·香冷金猊》

香冷金猊，被翻红浪，起来慵自梳头。任宝奁尘满，日上帘钩。生怕离怀别苦，多少事、欲说还休。新来瘦，非干病酒，不是悲秋。

休休！这回去也，千万遍《阳关》，也则难留。念武陵人远，烟锁秦楼。惟有楼前流水，应念我、终日凝眸。凝眸处，从今又添，一段新愁。

曾与花争宠的李清照如今竟只做慵懒之态。狮子铜炉里的熏香早已燃尽，冷却的炉壁上缭绕着丝丝缕缕的香烟，红色的锦缎绣被乱作一团地堆在床上，她无心去收。任尘埃爬满梳妆镜匣，任日上三竿照上帘钩，她懒得梳头，懒得装扮。

是啊，赏花人不在，鲜花为谁绽放？

心灰意懒的情愫开始蔓延，只为"生怕离怀别苦"。他要离开一段时间，她突然觉得无论做什么都没了兴致。分别只是暂时，或许下月就能团聚，但能对她造成这么大的影响，除了思念，恐怕还另有隐情，或许是因为对未来的不确定——也是对对方情感的不确定，但这份隐秘心事不能明言，故而"多少事、欲说还休"。

她是个聪明的女子，聪明到懂得克制，既然留不下他，即使唱上千万遍阳关调又能怎样？只能扰他心神乱己心思。

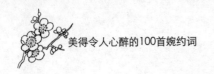

罢了罢了，与其徒劳悲伤，不如嘱他衣食冷暖、旅途安危。

故作坚强的人，常有比常人更深刻的伤心。"念武陵人远，烟锁秦楼"，一想到他已经离去，只剩自己独守空楼，伤心太盛，词人竟有些痴念了："惟有楼前流水，应念我、终日凝眸。"流水本是无情物，怎么会"念"人的心事？也正是因为这样，词人凭栏远眺、终日盼归的身影映在楼前流水里，才显得更加孤独，让人怜惜。

结拍顶真，前后蝉联、上递下接，把词人愁的情绪推到了极致，却还像上阕一样表达得隐晦，那欲说还休的，应该就是没有点破的"一段新愁"吧。

不知道赵明诚有没有读过这首词，如果读过，又会做出怎样的回应，只知道流水旁重楼上，有位佳人长久伫立，凝眸远望。既是真心，虽有幽怨也要多年如一日地，等着盼着，守着望着。

人生若只如初见
辛弃疾《念奴娇·野棠花落》

书东流村壁

野棠花落，又匆匆过了，清明时节。刬地东风欺客梦，一枕云屏寒怯。曲岸持觞，垂杨系马，此地曾轻别。楼空人去，旧游飞燕能说。

闻道绮陌东头，行人长见，帘底纤纤月。旧恨春江流不断，新恨云山千叠。料得明朝，尊前重见，镜里花难折。也应惊问：近来多少华发？

最怕的是他归来时，佳人无处可觅，最初的错过，终究化成永远的过错。辛弃疾再次来到东流村时，仍是在这个容易让人生情、伤情的清明节。同一地点，同一时节，独独不见当年那对璧人，物在而人非实在是令人忧伤。就连东风都不解风情，搅乱了他的一帘幽梦，寒气袭来更浸透了身前的云母屏风。如今越是孤枕难眠，辗转反侧，往昔便越猖狂凶猛地袭来。

曲岸、垂杨依然如故，而曾经离别的地方却早已人去楼空，徒留似曾相识的飞燕，在低声呢喃着无法重逢的惋惜。

此时的辛弃疾，已经不再年轻，寻觅过往也不过是想要在那段有人作陪的时光中，获取些许温存。然而，他走遍繁华的烟花巷，也未曾见到曾经执手的女子，更不曾唤回过去的岁月分毫。当年短暂相逢的旧恨，已如滔滔不尽的春江水，而重访未果的新恨，实在如千万叠云山屏障。

旧恨与新恨，都是恨，也都是爱。当初固执地认为梦就在前方，于是轻易说出离别，然而再回到原点时，才知到头来不过是画了一个圆圈，属于自己的领地中，景致并未改变丝毫，反倒是空把岁月蹉跎，也生生弄丢了搵英雄泪的佳人。

井中月无法打捞，镜中花亦不可采撷，故而也不必期许日后会相逢。即便有相见之日，怕是佳人已依偎在他人怀中，再不复得。或许她也会吃惊地询问一句："近来多少华发？"也未可知。

人生若只如初见，那只是文人建构出来的理想状态，时光隧道从来都是单行线，岁月的手又怎么可能将"错过"改写成"邂逅"？

独木小舟，一人归去

程垓《渔家傲·独木小舟烟雨湿》

独木小舟烟雨湿。燕儿乱点春江碧。江上青山随意觅。
人寂寂，落花芳草催寒食。

昨夜青楼今日客，吹愁不得东风力。细拾残红书怨泣。
流水急，不知那个传消息。

白墙灰瓦交相掩映，小桥流水蜿蜒其间。牛毛细雨淡淡
挥洒，染红了娇花的笑靥，滴翠了青草的眉目，沾染着点点
离人泪，与相思一道氤氲在茫茫烟雨中。

如玉般温润的男子伫立雨中，看天边青山郁郁葱葱，览
身后流水潺潺东去，观几只新燕于草间低飞嬉戏，春光春雨
皆美景，唯有离人心难系。男子满目愁容，对一切风景都无
心细细品味，于此地，他终究是个过客。

昨日，他还与情人在青楼中你侬我侬，甜情蜜意，今日
却要独自离去。佳节美景就在眼前，自己却无法再停留片刻，
身不由己，力不从心，这突然而至的离别让人分外感怀。他
的愁绪太重，春雨载不动，徐徐掠过面颊的东风也无法吹散
郁结的苦涩，唯有拾起一片落英，写下心里万千情思，求湍
急的流水把它送到心上人的手里，让她聊以慰藉。但流水又
怎会知道他的心意，又能将思念送至何方？

罢罢罢，离愁虽在，锦书终是难托。

程垓是婉约派词人，这首小令正能体现其婉约词风，倾诉了男女离别时依依不舍之情。全词感情真挚动人，描写精致细腻，谋篇布局更是一绝。

自古以来，写离别的词作里，柳永的《雨霖铃》堪称翘楚，一句"执手相看泪眼，竟无语凝咽"让无数人心有戚戚。离别的人手拉着手，深情望着对方，眼里尽是不舍的泪花，千言万语凝于心底无法言说，此中意境妙不可言。程垓却反其道而行之，不写"留恋处，兰舟催发"，而是写"独木小舟"一人归去；他没有正面描写泪水盈盈、依依不舍的告别场景，而是另辟蹊径，通过倒叙回忆，把前一晚与爱人的相聚与今日眼前的别离景致相结合，形成虚实与悲欢的对照。未直接写愁绪，却依然愁肠百转。

词人遣词造句时亦是煞费苦心，力求传情达意，言浅情深。"东风"一词早在《楚辞·九歌》中就有提及："东风漂兮神灵雨。"李煜《虞美人》有"小楼昨夜又东风"，李商隐《无题》中有"东风无力百花残"等名句，而在程垓笔下，能够吹开百花的东风已经无力承载离别的愁思，可见其愁之深、思之切。

東郊接西郊姓惟
朱與陳相逢皆舊
戚不揆喚客穀
賤猶獨喜糯收酒
至醇每圖幽雅意
真荷愧周臣
癸巳季秋下澣

温柔时光，原来也是带着刺的

杨慎《浪淘沙·春梦似杨花》

春梦似杨花，绕遍天涯。黄莺啼过绿窗纱。惊散香云飞不去，篆缕①烟斜。

油壁②小香车，水渺云赊。青楼珠箔③那人家。旧日罗巾今日泪，湿尽铅华。

【注释】

①篆缕：盘香的烟雾。

②油壁：古时女子乘坐的车辆，装饰豪华，因车壁用桐油涂饰而得名。

③珠箔：珠帘。

杨慎为明代三大才子之首，以诗闻名，但词亦著称当时，胡薇元于《岁寒居词话》中评曰："明人词，以杨用修升庵为第一。"这一首《浪淘沙》即显示出其高超的作词水准。

开篇便言相思成梦，回忆如柳絮杨花，轻轻盈盈又无根可依，在她脑海里终日萦绕不去。将她从梦里惊醒的是一声清脆的莺啼，"黄莺啼过绿窗纱"，她那一场念旧的梦，还是戛然而止了。她在梦里许是见到了朝思暮想之人，又或是回到了那段朝夕相对的日子，却无奈被鸟鸣声唤醒，徒劳惹出愁绪，梦中情景如幻如烟，仿佛缠绵不去的流云和缭绕不散的斜烟，更让已清醒过来的人感受到失去之痛。

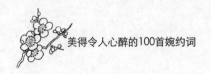

　　之所以会因失去而痛苦，必因失去的是美好的事物。那段或已泛黄的旧时光，实在是这女子回忆中最珍贵的桥段。这便也难怪，一去经年，她还清晰记得当日两人同游的欢乐事——那时候，她乘着油壁车而来，情郎许是同车，又或是骑着骏马相伴而行，谈笑晏晏，对视生情，千言万语只在眼神交汇中便已告知对方。可是，就如宋代词人晏殊在《寓意》里所写的那样："油壁香车不再逢，峡云无迹任西东。"任是再恩爱的一对璧人，最终也落了两两散去的结局，甜蜜往事渺茫若水，缥缈如云，再不可追回。

　　旧约已不再继续履行，昔日所有美好的许诺都落了空，两情相悦时所赠的罗帕，本寄托着"横也丝（思）来竖也丝（思）"的深情，眼下却只能替她擦去今日惆怅的泪水，但即便如此，脸上的妆粉还是被浸湿了。结拍两句为了渲染女子的伤心，难免有夸张成分，但又总觉得，那些为爱洒下的泪水里所蕴含的感伤，远不止"咸涩"二字可以形容。

　　爱是场让人一沉睡就不愿醒来的梦，在这场梦里，欢乐总是被无限延长，醉在欢乐里的时日太久，清醒后的痛苦与遗憾就越锐利。那温柔时光，原来也是带着刺的。

卷四　心醉心碎后，无奈的自由

在爱情的春风里，他不再只是一位囚困于政治纠葛的帝王，而是一个懵懂青涩的少年，只盼着自己的一腔深情，被那个自己所爱的人收留。

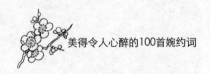

谁都免不了为爱受苦

李白《秋风词·秋风清》

秋风清，秋月明，落叶聚还散，寒鸦栖复惊。相思相见知何日，此时此夜难为情。

秋天的风总是如此的萧索凄清，秋天的月却又总是如此的清明高远。叶子飘然落下，纵使相聚也要被风儿吹离散，而寒鸦在树上栖息却还不是要受人惊吓飞走？

热恋中的人，总是痴痴以为爱是天长地久，所谓的永远也是极为简单的事情。然而沧海变桑田后，才恍然惊觉，一切不过是一场迷人的梦。

其实，相思总是难免的，何必一往情深，可最初的甜蜜又如何能忘！泪千行也就罢了，只奈何不知何年何月再相见。人已分隔，往事却历历在目，无力纾解，日子也就变得黏稠难挨。

当世人猜出爱情的谜底时，才发现一切都已过去，而岁月早已换了谜题。既然如此，就趁着秋天即将过去，冬日即将来临时，把那段碰不得又忍不住触碰的回忆冰封在冬天里吧。

"如果某一天，当我们听到她的名字时不再感到肉体的疼痛，看到她的笔迹也不会微微地发抖，更不会为了在街上遇见她而改变自己的行程，那么，我们的情感现实正在渐渐地变成心理现实，成为我们的精神现状，也就是冷漠和遗忘。到那时，我们周身不会有任何的伤口和血迹，而爱情就这样消逝了。"波兰著名作家如是说。

想必，他也一定目送爱情离开过，若非如此，笔尖又如何能淌下这般切肤的感受。

捧着一颗因深情而碎的心

李晔《巫山一段云·蝶舞梨园雪》

蝶舞梨园雪，莺啼柳带烟。小池残日艳阳天，苎萝①山又山。

青鸟②不来愁绝，忍看鸳鸯双结。春风一等少年心，闲情恨不禁。

【注释】

①苎（zhù）萝：山名。在今浙江省诸暨市南，相传西施之母曾在此山卖薪，这里是西施的故乡。

②青鸟：传说中王母的侍者，后用来比喻传递爱情信息的使者。

这首小令的主旨，唯"爱慕"二字。李晔拥有帝王之尊，竟然也在心里揣着深沉的爱慕，实在令人惊讶，至于他爱慕的女子到底是何人，更是无从考证。但无论如何，那细腻又动人的情感，仿佛拂面而来的春风，令读者也不禁在那温软

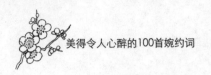

又熏醉的天气里荡漾起来。

皇宫内苑里，正是"蝶舞梨园雪，莺啼柳带烟"的好风光。梨花盛开，随风纷纷飘落，如雪花漫天，却不见俏丽的舞女舞动出更美的无边春色，只有三两只蝴蝶穿行其中，翩然如梦中风景。如烟的柳丝中传来几声清脆的黄莺啼鸣，似乎能将这梦惊破，但醒来又能如何呢？也不过是在这如画的风景里，捧着一颗因深情而破碎的心，徒劳伤感罢了。

池水荡漾，残阳西斜，暖风如熏，明媚的春光能让人一时沉醉，却不能让人真正忘忧。一句"苎萝山又山"还是出卖了他的心事。李晔思慕的女子，有着可与西施媲美的倾城容颜，然而"山又山"的千难万阻把他们分隔两地，令词人不能与她朝朝暮暮地厮守。

相距遥遥，唯有期待青鸟传书，可是"青鸟不来"，不得佳人音讯，他愁苦欲绝，又看到池中鸳鸯成双成对，有几多羡慕，也就有几多伤心。转身离开池塘畔，不忍再看双宿双栖的池鸟，唯恐这绵绵相思被勾起得更甚，以至于被缠绕其中，无法自拔。情真且深，就如同一个魔咒，即使有满园春色入眼，有蝶飞花舞为伴，仍然不能让他从浓烈的思念里解脱出来。

在爱情的春风里，他不再只是一位困困于政治纠葛的帝王，而是一个懵懂青涩的少年，只盼着自己的一腔深情，被那个自己所爱的人收留。

时光盛得下忧伤
晏殊《踏莎行·小径红稀》

小径红稀，芳郊绿遍。高台树色阴阴见。春风不解禁杨花，濛濛乱扑行人面。

翠叶藏莺，珠帘隔燕。炉香静逐游丝转。一场愁梦酒醒时，斜阳却照深深院。

晏殊的这一阕《踏莎行》，真是细到了极处。地上是树色投下的光影层次、藏在翠叶下的莺儿、挡在珠帘外的燕子，香炉中的烟安静上扬，追逐着空中的游丝慢慢地绕转；照进院中的斜阳一寸寸移动，越来越深，直到最后消失不见。暮色降临——这番景象，非得长久地处身于安静之中，才能见到。

外在的浮华必得尽数抖落，心方能如一面明镜，清晰照见身外的风景。晏殊把这些风景的细处写入词中时，恐怕亦是历经了一种澄明如碧波，深寂如古井的心境。

那日，他白天便开了筵席，饮至微醉入睡，酒醒时已是夕照漫天。饮酒时心底的那一缕愁思，在梦里辗转不休。梦醒之后，便化入了深院斜照之中，随着时光的点点消逝，无声地蔓延。

午睡醒来，若看见天边晚照已深，任谁都会有心理上瞬间的迟滞和空落，任谁都会蓦然生出一丝淡淡愁绪。此番酒

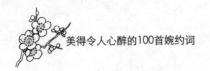

后初醒，是从迷蒙的精神状态里走出来，就似人生一场大梦初觉，便忽然触碰到了时光的质感，察觉到了岁月的飞逝。生命最可悲哀的那个部分，在这样一个"斜阳却照深深院"的场景中变得清晰，无可回避。

清人沈谦评价这阕词的末尾二句时，用了"神到"一词，形容其妙处不落实，皆在虚处。"深深"二字，不知是讲庭院之深，还是谓斜阳之深，或者它根本就是在形容人的愁绪之深，实在很难定论。而且，一深再深，显然包含了递进的意味，则庭院的深幽、斜阳的移逝、愁绪的增重，便都在其中了。

然而，时光飞逝，总有一些东西是一直站在原地的，比如爱情，比如思念。但在诗词笔墨中，晏殊并不一味地去爱，也并不傻傻地去念想，甚至连恨都是轻如飞絮的。在爱与恨两两相抵之后，余下的时光中能盛得下的便只有清淡如水的忧伤。

一朝得见，恍然如梦

司马光《西江月·宝髻松松挽就》

宝髻松松挽就，铅华淡淡妆成，青烟翠雾罩轻盈，飞絮游丝无定。

相见争如不见，有情何似无情。笙歌散后酒初醒，深院月斜人静。

醉眼蒙眬间，一个裙舞飞扬的女子伴着婉转的乐曲缓缓飘入词人的视线。她莲步轻移，翩翩起舞。词人不觉精神为之一振，正襟危坐，细看来，她"宝髻轻挽"，没有太多华丽珠翠装饰，脸上亦是粉黛薄施，没有太多铅华粉饰。她身上如青烟翠雾般的纱裙也轻盈缥缈，更显身姿婀娜，超凡脱俗；她的舞姿更是妖娆妩媚，柔软的身段时而如飞絮飘扬，时而如游丝轻摆。

词人心头顿时有相逢恨晚之意萌生，如果早些遇到该有多好！可是，遇见了又能如何？所有的惊艳心动不过徒增日后的相思烦恼罢了。相见倒不如当时不见好了。索性不见，日后便不会惦念难舍，为情而苦。有情还不如无情，无情就免得日思夜想，辗转反侧，劳心伤神，有情却要饱尝相思之苦备受煎熬。"相见争如不见，有情何似无情"，这两句话精准地形容了相思人内心的矛盾纠结，成为千百年来的咏情名句。

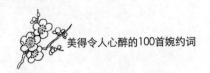

　　等到酒宴结束了，歌舞也散了，醉意也消了，词人才如梦初醒，方才酒席间的意乱情迷、胡思乱想戛然而止。已是万籁俱寂时，人间的灯火已渐渐灭尽了，高悬在天上的一轮明月也逐渐倾斜，他独坐庭院，万般思绪涌上心头。

　　"深院月斜人静"，全词终结于这一幕静谧的夜景，词人并未明言在曲终人散后做何感想，却通过对景物的描绘达到了"此时无声胜有声"的效果。千言万语，尽在不言中，留待读者发挥想象去揣测思量——想那夜深人静时分，一个面容清瘦的男子独自坐倚栏杆望着残月，回想之前酒席中那个清秀淡然、舞姿超群的女子，恍然如梦。一朝得见，终生难忘。聚散自是无常，也不知还能不能再见，或者，还是不见的好。

　　司马光的词至今仅存三首，而且都是柔媚婉约的艳词。这首《西江月》亦不例外，以含蓄笔法摹写动人之容、动人之情，写得雅致自然，实为艳词中的精品。

飞蛾扑火，却执着于此

　　晏几道《鹧鸪天·小令尊前见玉箫》

　　小令尊前见玉箫。银灯一曲太妖娆。歌中醉倒谁能恨？唱罢归来酒未消。

　　春悄悄，夜迢迢。碧云天共楚宫遥。梦魂惯得无拘检，又踏杨花过谢桥。

夜色迷漫，楼阁银灯初上，众人酒色微醺，此时，歌舞已起，歌伎们华美的丽服，婀娜的腰肢伴着烛光妖娆地舞动，朦胧之下，女子的音容笑貌更令小晏陶醉其中，不能自拔，真可谓是酒不醉人人自醉。

女子婉转的歌喉如暖风般熏得客人们酩酊大醉，沉醉固然失态，却没有人怨恨这歌曲的力量，正是这悦耳的歌喉才让大家忘记了俗世的纷扰和仕途的坝坷，这个世界只剩下精神的狂欢，这样的曲调柔化了多少文人的寸寸情肠。

好景宜人，却不常在，一夜欢宴，匆匆而逝，天下宴席，岂有不散。欢愉过后，歌儿舞女们纷纷褪去红装，各回闺房。客人们依依不舍地离去，回忆昨夜的情景，怎能忘怀，如余音绕梁，三日不绝。昨夜为小晏的人生留下一道迷人的风采，回到家中，酒气尚存。小晏一生纵情歌酒，酒力不凡，又怎会醉酒不醒？实则是昨夜的欢宴，深深醉了词人的心。

上片的回忆至此戛然而止，下片便开始了欢宴后的孤独相思。夜深人静，华灯碍月，飞盖妨花，最是相思时候。这份思念，已经延续至今，终难摆脱，雁落鱼沉，他的苦楚只有他自己知晓。

春季杨柳如烟，杨花点点飘零，昨晚的梦魂再次软踏杨花，不自觉地跑到了歌伎的住处，这也正是小晏内心留恋往事，难以忘怀的真实描写。此处又充分地体现出了小晏的"痴"情，既然无法相见，何不忘却，小晏却如飞蛾扑火，虽知思念的痛苦，却执着于此，至死不渝。

宋人邵博在《闻见后录》中将最后两句称为"鬼语也"，到了清代厉鹗《论词绝句》云："鬼语分明爱赏多，小山小

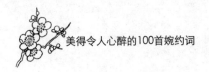

令擅清歌。世间不少分襟处，月细风尖唤奈何。"故知小山词作，多出惊世之语，与苏轼的惊为天人相比，更似鬼语，乃为世人所不能为。

海棠树下待人归

洪咨夔《眼儿媚·平沙芳草渡头村》

平沙芳草渡头村，绿遍去年痕。游丝下上，流莺来往，无限销魂。

绮窗深静人归晚，金鸭水沉温。海棠影下，子规声里，立尽黄昏。

在明媚的春日，她伫立在渡口，望着那远处的"平沙芳草"和粼粼水波，将自己满腹的心思交付到春风与流水之中。春草"绿遍去年痕"，芳草萋萋送君去，分别的情景虽历历在目，但时间已过去了一年，冬日枯萎的草如今也冒出了新芽。

远处柳丝细软，灵巧如流云的黄莺在摇曳的柳丝之间穿梭。那一对对黄莺相互追逐嬉戏，恩爱得让人不由得心生羡慕。望着眼前的流莺，她已经心驰神往，陷入无边的回忆里，想到日后相见时的喜悦，一抹羞涩含蓄的微笑悄悄浮现在她的嘴角，但回到现实，迟迟不见恋人的身影，心中好不凄凉。长日漫漫，她又踱回深闺，点燃了一炉沉香。倚窗沉思，柔软的阳光透过细纱窗打进来，一片光影婆娑，但时光如此寂静，她又该怎么打发这无聊和寂寞呢？

她也知道好男儿志在四方，于是忍着心中的不舍和伤痛将他送出家门。但从他离开的那一刻起，她的魂魄就好似离开了身体，日日活在相思和等待之中。她也曾揽镜自照，怕在这等待中将年华虚度，但将痴心交与他的那一刻，就决定为他等到繁华落尽，等到沧海桑田。

于是便有了这一幕情景，"海棠影下，子规声里，立尽黄昏"。海棠繁复的花叶在暮光之中打下一片阴影，在这一片暮色之中，一声声杜鹃的啼鸣由远及近，打断了花荫之下立着的美人的思绪。杜鹃声声唤春回，至今思君君不归。她遥望着远方，细数着他离开的时日。

一切都是那么安静，唯有她才能听见自己心中那一声声叹息。

虽然分别和等待是残酷的，但人一生中若遇得一个值得自己倾心等待的人，未尝不是一件幸运的事情。所以，定格在海棠树下待人归来的那个黄昏，虽有几分凄楚，但又未尝不是她生命中最美的时刻。

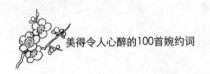

洪咨夔词风慷慨舒畅，气魄恢宏，但在雄健之风外，他也偶有婉约秀丽格调的小词，这首《眼儿媚》即是如此。

片片落花，是悲伤心事
张惠言《玉楼春·一春长放秋千静》

一春长放秋千静，风雨和愁都未醒。裙边余翠掩重帘，钗上落红伤晚镜。

朝云卷尽雕阑暝，明月还来照孤凭。东风飞过悄无踪，却被杨花送微影。

张惠言是常州词派的开创者，作词强调重视内容，"意内而言外"，存词数量虽有限，但多有佳篇，此词即是佐证。

词中的女主人公在一个春日午后枕着愁绪睡去，窗外是飘零的风雨，院子里安静得只有雨打芭蕉那叮叮咚咚的声音。

在还未懂情为何物时，她并不知晓忧愁是何种滋味，然而不知从什么时候开始，一种朦胧的情感，悄悄撞开了她的心扉。自从她的心中有了情思，便开始为情所困。他茶饭不思，连昔日热爱的秋千也被闲置。爱情，原是这般让人幸福又让人苦恼。

春光兀自好，她却将重帘低掩，在浅醉和闲眠之间打发时光。醒后已是黄昏将至，但窗外的风雨丝毫没有停下来的迹象，此时她心中满溢的愁绪也如同那漫天雨丝一般无休无止。黄昏的细雨总是最能引发人愁思的，点点滴滴敲打着屋檐，怎一个"愁"字了得。

她揽镜自照，镜中的人儿愁眉深锁，容颜憔悴，连她自己都不忍去看。不知何时，从重帘之外飘进来一朵落花，落在了她的玉钗上，她伸手将它拿下来，见这被风雨摧残而落的花朵残破不堪，沾着尘泥，令人心生不忍。手拈残花，她不禁感叹起自己的命运，也像这花儿一样，还没有尽情领略春光的美好，就被无情的时光摧毁了。宋代词人张先《天仙子》中有"临晚镜，伤流景，往事后期空记省"之句，张惠言词中"钗上落红伤晚镜"许是由此化出。

风雨过后，云卷云舒，一派自然宁静。明月初升，月色醉人，但高楼上也只有她一人在凭栏而望，身影孤独，最是销魂。黑暗中，春风吹落的杨花轻轻拂过她的脸颊，轻柔得像是人的呼吸，更撩动了她寂寞的心弦。风雨已息，她的愁绪却无法释怀。

皎洁的月光下，一树如雪般的海棠正在风中坠落，悄无声息。或许等到明日，飘落了一夜的春花就会铺满廊前秋千架旁那道小径。片片落花，是春天即将离去前的悲伤心事，也是闺中人寂寞的心曲。

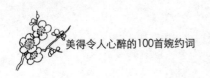

能否再遇到那个对的人

庄棫《相见欢·深林几处啼鹃》

深林几处啼鹃，梦如烟。直到梦难寻处倍缠绵。

蝶自舞，莺自语，总凄然。明月空庭如水似华年。

与心上人相逢前的所有日子，好似都是对光阴的浪费与辜负，便如庄棫《相见欢》中的这个少女，梦醒后唱尽春愁，怨的也无非是爱情的不圆满。

她本来正沉醉于一场梦里，这一场梦来得极是不易。长夜孤枕难眠，相思让人辗转反侧，必是心中已翻涌过了大潮大浪才终于归了平静，她才能形诸梦寐。可恨的是，鸟雀不知人间爱恨，晨间阳光还未从密林的罅隙中透过来，它们就叽叽喳喳欢闹起来，于是佳人梦醒，一场聊慰心伤的好梦如烟散去。

梦断于正甜蜜处，现实又寂寞冷清得让人瑟缩，于是就有了"直到梦难寻处倍缠绵"。春日娇花易谢，天际浮云终散，人必然不能长久藏匿于如娇花浮云的美梦里，但她是真的不想醒来，即便听着清脆的鹃啼，也还是如浮在梦里，如痴如醉。

其实，每个人在等待的那个人，一直都睡在自己的梦中，并随着自己的清醒而醒来，然后无踪。所以，他才一直没有机会倾听，那些与他有关的让人沉沦的梦。佳人虽不情愿，但终究不能不从缠绵的梦里醒来，此时屋外有彩蝶旋舞，黄莺恰恰，正显春日明媚的季节之美。无奈自然的季节与她内心的季节并不同步，风光之美，只会把她内心的"凄然"衬托得更加无处遁形。

从清晨到黄昏，她心里冷冷凄凄的状态都没有改变。待到星月升起，银色的月光洒遍大地，如清流一样从深邃的天空泻了下来，铺满佳人空空落落的庭院。月光如流水，流水似年华，让她不由得感叹年华流逝如梭似箭，而她的青春也会随着时光一同老去。

倘若最好的时光已经过去，但还能再遇到那个对的人吗？

清人谭献这般评价庄棫之词："闺中之思，灵均之遗则，动于哀愉而不能自已。"中白当曰："非我佳人，莫之能解也。"这首词缠绵婉转，当是闺中之佳作。

情之所至，一切皆有可能

汤显祖《醉桃源·不经人事意相关》

不经人事意相关，牡丹亭梦残。断肠春色在眉弯，倩谁临远山？

排恨叠，怯衣单，花枝红泪弹。蜀妆晴雨画来难，高唐云影间。

每一粒爱的尘埃，都重于泰山，可以让人为情而死，为情而生。这首词出自明代汤显祖的元曲《牡丹亭》，本是女主人公杜丽娘和其丫鬟春香的韵白。杜丽娘因为一场春梦，

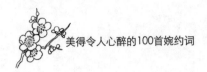

对书生柳梦梅念念不忘，积郁成疾，甚至因情而死。怎料世间事阴差阳错，现实中柳梦梅真有其人，且经过一番波折之后，两个人竟然走到了一起，杜丽娘再次为情复生，最终有情人终成眷属。

这一日，杜丽娘和侍婢春香在花园中散步。春色正好，阳光明媚，但丽娘的心全都被昨晚那个荒诞不经的梦填满了。梦中，她也是在这院中赏花，不经意间遇到一位英俊潇洒的书生，名叫柳梦梅。二人一见倾心，遂幽会于牡丹亭畔，怎料这幸福的欢会却是一场春梦。

她的美艳与忧伤，全部凝聚在眉间，她的眉宇仿佛烟雾缭绕的远山，如此楚楚动人，连最出色的丹青妙手也难以临摹得出来。风华正茂，容颜赛过花容，但在这样的大好年华，她终日愁眉不展，岂止只是为了那一场梦呢？实则是对爱情的懵懂向往让她寝食不安。

她的腰肢渐细以至弱不禁风，眉头深锁不见如花笑颜，泪水沾染着面上胭脂簌簌滚落，一切仿佛都在诉说着她心中的愁与恨，愁那梦中的人儿何时出现，恨那一朝欢喜只是空梦一场。

杜丽娘在梦境中遇到心仪的男子，醒来后却又要恪守礼教，无聊度日。梦中好事如云烟散去，纵使她貌美如巫山神女，但一颗真心无处寄托，满腔真情无处倾诉，即使再美艳也如蒙尘明珠，无人欣赏。

情是世间最难用逻辑来衡量的。情之所至，一切皆有可能，纵使汤显祖笔下这死而复生之事有悖常理，太过荒诞，却也无人计较，后世读者，皆已被杜丽娘对爱情的执着和坚定所打动。在这一阕《醉桃源》里，汤翁似为杜丽娘画了一幅肖像，既表现出了她举世无双的容貌，也表达了怀春少女对爱情的思慕。

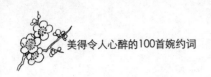

炽热的张望，终究一场空
柳如是《金明池·有恨寒潮》

有恨寒潮，无情残照，正是萧萧南浦。更吹起、霜条孤影，还记得、旧时飞絮。况晚来、烟浪迷离，见行客、特地瘦腰如舞。总一种凄凉，十分憔悴，尚有《燕台》佳句。

春日酿成秋日雨，念畴昔风流，暗伤如许。纵饶有、绕堤画舫，冷落尽、水云犹故。念从前、一点春风，几隔着重帘，眉儿愁苦。待约个梅魂，黄昏月淡，与伊深怜低语。

回忆如开在陈年里的花，颜色暗淡，却依然妖娆。柳如是和诸多人一样，总喜欢频频回首。心有千千结，旧情仍难忘，剩下的回忆沉香，只是刻骨的怀念和绝望。

又是这样一个寒柳招摇的午后。残阳西挂，满目凄凉，更是伴随着冷冷的寒风。依然是那条南浦路，曾经携手同游、柔情纤婉，如今却是茕茕孑立。犹记得依依惜别的身影，款款泪落的深情，而今却都结成了昨宵的梦缘。爱是一种无法言说的暗伤，直到冰冷憔悴的结局出现，才猛然知晓爱有多真多深。无法相守，才知当年的缠绵悱恻，是怎样被深入骨髓，是怎样封存在了心底。

所以说，柳如是是幸运的。上天在她最美的年华里，赐予了她一场遇见和一场春天。那场盛大的爱恋，自始至终都带着庄严华妙的仪式感。她仰慕陈子龙的才华，在阳光明媚的季节里，曾吟诗作歌，煮茶斟酒。才子佳人四目交汇，温情脉脉，还有比这更美丽的爱恋吗？景物衬人人似美景，一切都和谐得让人艳羡。

然而，柳如是又是不幸的。她终没有逃离上天安排好的宿命。一切曾有的绚烂如同幻觉，绝望成为最后的姿势。那柳条似乎强作欢颜，像美人般翩翩起舞。当春的繁华零落成秋的萧瑟，当昔日的风流酝酿成今日的伤感，忧伤便再也无处藏匿。纵然自己才艺俱全，绕堤画舸，喧嚣红尘，以及曾经炽热的张望，终究落得一场空。一切依然如故，心灰意冷也是惘然。

柳如是以我手写我心，故本词"浓纤婉丽，极哀艳之情"，含思婉转，细腻的笔触，将一个女子染着玫瑰色的爱情，写得万般幽怨，却又温馨清逸。想爱却不能爱，大概就是这样一种感受吧！

卷五　天气凉了，叶子哭了

　　或许，短暂的东西才让人憧憬，也只有遗憾才让人痴迷于圆满，总是等到物是人非，才知当时的好。

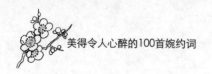

一层一层遥遥阻隔了相见
白居易《长相思·深画眉》

深画眉，浅画眉。蝉鬓①鬅鬙②云满衣，阳台行雨回。
巫山高，巫山低。暮雨潇潇郎不归，空房独守时。

【注释】

①蝉鬓：古代妇女的一种发式，两鬓薄如蝉翼。

②鬅鬙（péng sēng）：形容头发乱。

这黛眉是再涂深一点更好看，还是就这样轻浅比较清新脱俗？把眉梢描画得长一些会不会更显妩媚？抑或短一些才灵动可人？她就这样对着镜子比画了许久，不知手中的眉笔该如何描画。正当她沉思时，他悄悄走到她的身后，拿过她手中的画笔，轻轻托起她的脸庞，为她画眉。

待他画完，她对镜自照，便趁机撒起娇来，要他重画，甚而拿过眉笔说为他画眉。两个人嬉笑打闹，你侬我侬，共赴云雨之欢，缠绵许久，直到佳人"蝉鬓鬅鬙"。

上阕中的描写，充满了蜜意柔情，乃是一幅恩爱缠绵的画卷，但事实上，这一切竟只是一场空幻的美梦。待她一觉醒来，看枕边空空如也，方知种种浓情蜜意、男欢女爱不过是做梦罢了。良人尚在远方，如何得见？高高低低的巫山把他隔在根本看不到的地方。"巫山高，巫山低"照应上阕词中的"阳台行雨回"，佳人醒来依旧惦念着梦中欢会处的巫山，巫山却一层一层遥遥阻隔了他们的相见。

傍晚时分，窗外下起了淅淅沥沥的雨。声声幽怨，恰似有人呜咽，搅得她更加心绪不宁。往日此时，奔忙了一天的他定会归家，而她已精心梳洗打扮好坐倚窗前等待着他；如今，他去了遥远的地方，即使自己等到夜深甚至天亮，他也不会回来，不会如往昔那样为她描眉，共叙闺中之乐。

白居易向来以语言平俗易懂著称，遣词用字自然简单。词中意象罗列虽是短少，却通过"深""浅""高""低"把情境表现得十分到位。行文紧密，逻辑严谨，陈廷焯在《云韶集》中评价道："上半阕仿佛一篇《神女赋》，下半阕胜读回文织锦诗。"另外，此词在声律上也很讲究押韵，读起来非常悦耳。俞陛云在《唐词选释》中说："此首音节，饶有乐府之神。"由此可见，这果真是一首神形俱佳的好词。

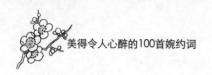

谁消磨了她如花般的青春

冯延巳《谒金门·风乍起》

风乍①起，吹皱一池春水。闲引②鸳鸯香径里，手捼③红杏蕊。

斗鸭阑干④独倚，碧玉搔头⑤斜坠。终日望君君不至，举头闻鹊喜。

【注释】

①乍：忽然，突然。

②闲引：闲散地逗引。

③捼（ruó）：揉搓。

④斗鸭阑干：古时盛行的一种游戏。即在水边用木栅栏圈起鸭子，观赏鸭子相斗。

⑤碧玉搔头：古人搔头用的玉簪子，后来用作首饰。

冯延巳词多以离别相思为内容，风格与花间派相似，但语言不若花间派绮丽浓艳，淡语表深情，向来是他作词的旨意。在这首《谒金门》中，女子懂得了情，也就沾染了哀愁，懂得了惆怅。不管是掠窗而过的春风、延绵不绝的碧草、交颈嬉戏的鸳鸯，还是枝头绽放的红杏，都会无端地惹起她们的忧伤。

　　春风吹拂而过，搅动了一池春水，水面荡起圈圈细碎的波纹，这般景致何其常见，而思妇见了却偏偏生了烦忧。痴情到极致，敏感也与之倍增，春风乍起，扰乱了平镜般的水面，又何尝没有打碎思妇的心呢？春日按时而归，夫君却未如期而至，这乍然涌起思念与孤寂，还未下眉头，却又升上心头。

　　据说，南唐中主李璟曾与冯延巳用彼此词来互相打趣，李璟说："'吹皱一池春水'，干卿何事？"冯延巳作答："未如陛下'小楼吹彻玉笙寒'也！"君臣皆欢。"风乍起"两句，破空而来，在有意无意间，如柴浮水，似沾非著，实在为神来之笔。

　　闲来无事的她，为了排遣寂寞，只得在花园小径中揉搓红杏的花蕊，闲散地逗引鸳鸯。然而鸳鸯成双成对，更让她烦忧，甚至挑起了她微微的醋意，手中便更加用力揉搓红蕊。红杏被她揉碎，而又是谁消磨了她如花般的青春呢？

　　念及此，她倚栏而立，任凭寂寞与孤单在心里肆虐，任凭鬓发散乱，钗簪斜坠。所谓女为悦己者容，懂得她的美的人，已失了音信，她整装理容，又给谁看呢，不过徒增烦忧罢了。正当她无精打采，不知如何打发烦忧时，恰恰听到喜鹊的啼鸣。她心一惊，莫非是郎君回来了？

　　词就在这突然而来的惊喜中闭幕，词人并未写明这到底是一厢情愿的幻想，还是真实的场景。也好，留白总会给想象留下无尽的空间。

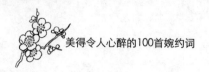

把整个青春都付给了等待

寇準《踏莎行·春色将阑》

春暮

春色将阑，莺声渐老，红英落尽青梅小。画堂人静雨蒙蒙，屏山半掩余香袅。

密约沉沉，离情杳杳，菱花尘满慵将照。倚楼无语欲销魂，长空暗淡连芳草。

在花间鼻祖温庭筠的影响下，写闺情绮怨的词作，往往缠绵艳冶、绮丽香软。而寇準所作闺怨之词，却像一蓑烟雨，涤荡了它的脂粉，过滤了它的妖艳，使词坛倏然间吹进一阵清新之风。这首《踏莎行》便是其清丽淡雅、情思委婉的经典。

上阕起始三句由远而近勾勒出一幅生动的江南暮春图。江南的春色即将残尽，莺声燕语失了清脆婉转，日渐老涩；往日娇艳如美人面庞的朵朵红英，如今飘离枝头，散落纷纷；只见绿叶荫荫的梅树上，点点青梅稀稀疏疏地斜挂枝头。莺歌燕语、红英飘飞之灵动，配以青梅小小、斜卧枝头之娴静，动静结合中，更显其静，与"鸟鸣山更幽"别无二致。

　　而后，词人的笔触由室外转入室内。华美的厅堂寂静无
人、空空荡荡，只闻窗外细雨蒙蒙，滴滴点点，仿佛听得到
春光的悠悠流逝；精美的屏风半掩着厅堂内的景象，唯见未
燃尽的沉香从屏风后袅袅升起，依依缭绕，好似心中相思萦
绕空中，绵绵不断。正是这静得令人发虚的室内之景，泄露
了未露面女子深深的幽怨。

　　念曾经，依依惜别之时，海誓山盟，密约佳期，情意沉沉。
然而，年轮在参天大树中画了一圈又一圈，仍不见离人归，
就好似一粒石子抛入大海，只荡起几层涟漪，而后再无波澜。
她也劝慰自己，又何必将萍水相逢的游戏做得那般认真，但
他已在心里扎下根，又怎能轻易拔除。镜匣已经许久未开启，
菱饰也落满尘灰，甚至连照镜的心都倦了，是啊，就算描出
蚕眉、理出云鬓，又给谁看呢。

　　怀抱浓浓相思，她默默身倚高楼，举目远望，企盼能依
稀望见情人归来的身影。然而，眼帘中只有暗淡长空，如同
此时她内心的凄婉；只有萋萋芳草，绵绵延延到望不见尽头
的远方。盼归盼归，且把心儿揉碎。伤怀至极，就连心魂都
好像要抽离而去。

　　世间有多少女子，把整个青春都付给了等待。

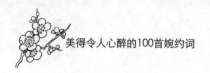

相思愁，好似一江恨水

林逋《长相思·吴山青》

吴山青，越山青。两岸青山相送迎，谁知离别情？

君泪盈，妾泪盈。罗带同心结未成，江头潮已平。

世称"梅妻鹤子"的林逋，为人孤高清傲，喜作诗，存词仅仅三首，但首首皆是佳作。《长相思》以清丽柔美的笔触，将相思一寸寸勾勒出来。

吴越之地，仿佛在任何时候、任何季节，都弥漫着浓郁的伤感气息。但这座城池又自古多梦，因了西子浣纱、虞姬自刎的故事，有了风骨，有了温度，使得来过的人，每每陷入它的臂弯，难以醒转。

吴山、越山，山水秀丽多姿，清丽宜人，如若和情人乘一叶扁舟，共赏这人间美景，自然惬意得很。但人有情，山水却无情，千百年来，它们总是板着千年如斯、万年不变的面孔，俯瞰世间百态，阅尽悲欢离合。不挽留，不悲伤，一如既往。首句叠用"青"字，一来展现了山水的明丽色泽，二来构成叠章复唱的形式，循环往复中自有一种扣人心弦的韵味。

如若说前两句感情好似涓涓溪水汩汩而出，后两句则如浩瀚大海深沉浓厚。两岸青山延绵不绝，年年如是，岁岁如是，

迎来无数归乡客，又送走
多少远游人，但这青山又
如何懂得离愁，怎能纾解
别情？

　　无处告别却时时告
别，好似相遇的短暂只为
了衬得离散的恒久。或是
为了成全流浪，或是为了
追寻梦想，也或许是向往
冒险，只需要一个挥手的
姿势，便将此前相遇的不
易一笔勾销。而后，天远
路遥，寂寞的人生旅程，
又要一个人走。

　　但人们时时告别，始
终学不会如何在离散面前
淡然自处、静定自若。每
一次的分别都是伤筋动骨
般痛彻心底，离别之时，
有几多不舍、几多流连、
几多无奈、几多悲伤，都
化作滴滴清泪，无声而落。

　　纵然心心相印又如何，终究是罗带未结，连理未成。潮
平之时，词人起程远航，但两人仍是心有戚戚，波澜起伏。
这绵绵的相思愁，好似一江恨水，无际无涯。

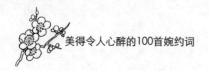

梦回酒醒，依旧孤房空闺

宋祁《蝶恋花·绣幕茫茫罗帐卷》

情景

绣幕茫茫罗帐卷。春睡腾腾，困入娇波慢。隐隐枕痕留玉脸，腻云斜溜钗头燕。

远梦无端欢又散。泪落胭脂，界破蜂黄浅。整了翠鬟匀了面，芳心一寸情何限。

好梦初醒，最难将息。欢愉慢慢散去，忧伤轻轻浮上来，想要抓住些蛛丝马迹，现实中却是无凭无据。此时，恼也无处恼，恨也无处恨，只得将满腔的幽怨交付给两行清泪。

随着词人的笔墨，我们看到闺房之中，罗帐高高卷起，绣幕空空荡荡。一个春睡初醒的女子，睁开惺忪睡眼，茫然地看着周遭，好似身处陌生之地一般。

宋祁作词工于炼字，"绣幕"充满脂粉腻香，合该作绮丽状，但词人以"茫茫"附其后，女子独守空房的孤寂与惆怅，则一览无遗。"腾腾"描绘朦胧迷糊之貌，用于此处将女子睡眼蒙眬、神志恍惚的情状淋漓尽致地描绘了出来。"娇波慢"则言女子虽已醒来，但困意未消，眼神仍妩媚迷离。一个"入"字，更有睡意丝丝浸入美人秋波的灵动之感。

女子娇嫩如玉的脸颊上，隐隐约约遗留下浅浅淡淡的枕痕，那柔密如云的鬓发也稍稍有些散乱，蝴蝶状的发钗也微微倾斜，滑落发间。

在乍醒还困间，在娇慵迷离中，恍惚间又回忆起了刚刚做的美梦。梦中她还是身着绿色罗裙的女子，在他轻轻走近自己时，不知所措的她竟躲在一棵桃树后面，以花掩面，假装赏花。而他却大胆拨开花枝，将她细细端详。四目交汇时，便把怦怦跳着的一颗心交出。自此吟诗、赏花、煮茶、看月，每一个细枝末节她都记得清清楚楚。然而，这段幸福的岁月，却被贴上了"过去"的标签。

梦回酒醒，依旧是孤房空闺、寒衾冷枕。回味梦中缠绵之情，面对现实寂寞之景，少妇的苦闷愁思化作滴滴相思泪，泪水滑过脸庞，洗了胭脂，淡了鹅黄。此时的她如同伤心至极的女子一样，懒得梳妆。许是想起了郎君临走时的嘱托，许是要以最美的姿态待他归来，她还是强打起精神，整理云鬓，重饰妆容，但心中思念之情哪能一挥即去，绵绵延延的情意仍旧无限悠远。

这首闺情词，用字工丽，辞色艳冶，笔调娇靡，将女子如梦初醒的情态淋漓尽致地勾勒而出。

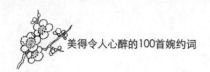

离别的滋味入骨入髓
晏几道《蝶恋花·醉别西楼醒不记》

醉别西楼醒不记，春梦秋云，聚散真容易。斜月半窗还少睡，画屏闲展吴山翠。

衣上酒痕诗里字，点点行行，总是凄凉意。红烛自怜无好计，夜寒空替人垂泪。

在小晏的记忆里，似乎总有一座西楼，笙歌不绝，酒筵不散，终日终夜上演着华彩风流；但那座西楼有时也会楼台深锁，帘幕低垂，只剩他一人在醉梦里徘徊，醒来后顿觉满心满眼的空虚落寞。这一次，他刚喝过离别的酒，醉饮入梦，醒来时却发现离别的滋味仍然入骨入髓，难

以忘怀。他说"醒不记"，自然是假的，否则他不必慨叹"春梦秋云，聚散真容易"。

从醉梦中醒来的那一刻，便注定了一个无眠的夜。斜月半窗，照进无眠人的眼底，小晏绝口不提相思，却转笔去描绘室内画屏上的青翠山色。他呆呆地看着这方葱茏，心里不知在想着什么，这漫漫长夜只是无聊、怅惘，连波澜也没有，离别的滋味是这样不堪，令人简直提不起精神去赋一曲离殇。

他大概花了很长的时间来消化心头的离恨，历数着衣上的酒痕、诗里的字，直到这酒痕都化作新的记忆，点点行行，弥合了分离在他心上划出的道道沟壑。酒洒在衣服上形成的痕迹，其实是很难留意到的，但小晏不仅留意到了，而且还从中看出了"凄凉意"。凄凉的自然是小晏自己的生命，就连那彻夜照人的红烛，亦只是无情物，不可能替人垂泪。但人到伤心处，常常不可理喻，恨不得天底下所有的人，身边所有的物件，陪着自己一起掉泪。多任性一些，似乎就可以多解去一些清醒的疼痛。

毛晋的汲古阁本《小山词跋》里头说："《小山集》直逼花间，字字娉娉袅袅，如揽嫱、施之袂，恨不能起莲、鸿、蘋、云，按红牙板，唱和一过。"他在写词时，或许也曾想象着莲、鸿、蘋、云唱和的样子，不然他的词不至于"字字娉娉袅袅"，仿佛附了那些女子的魂。

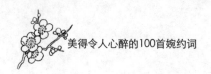
恨的初衷，都是因爱而起
欧阳修《玉楼春·别后不知君远近》

　　别后不知君远近，触目凄凉多少闷。渐行渐远渐无书，水阔鱼沉①何处问。

　　夜深风竹敲秋韵②，万叶千声皆是恨。故③欹单枕梦中寻，梦又不成灯又烬。

【注释】

　　①鱼沉：古人有鱼雁传书之说，鱼沉指无人传信。

　　②秋韵：此处指秋风吹过竹林的声音。

　　③故：特意，有意。

　　欧阳修这首《玉楼春》描写了一个被离愁紧紧包裹的思妇，隐约中可以窥见五代花间词的遗风。

　　字里行间中透露着，并不是所有的爱情都能经得起等待，也不是所有的等待都会得到回应的感伤。等到心酸、等到断肠，独倚危楼，看飞鸿过尽，云中不见锦书来，这一颗心也终于空空荡荡，触目皆是愁。

　　自从他离开后，眼中便再也容纳不下明丽色泽。他在天涯也好，在海角也罢，在转身的那一刻，就把她深情的目光，连并四季的好风光，一并打包带走。只留她在原地，痴痴地等待，痴痴地念想。

最初，无枝可依的她，唯有靠历经万水千山的信笺挨度时日，渐渐地竟然连只言片语也不曾寄来了。"渐行渐远渐无书"，三个"渐"字叠用，音节参差错落，跳跃有致，又将思妇时时牵挂的心理由远及近细致呈现，实在妙哉。

女子仿若来到世间即是为了谋爱，一旦品尝过爱情的滋味，便将它视为人生的唯一，而男子不同，除却爱情，他们有功名梦想，有征服愿望，又有冒险兴致，于是，他们舍得离开，轻易挥手说出再见。或许刚刚离散时，他们是真心实意地感受到了痛楚，但另一个地方的山水，总会让伤口愈合。渐渐地，等待他的女子，便成了一帧屏风。

夜色已深，秋风乍起，阵阵卷过竹林，竹叶簌簌作响。这本是极为平常的声音，但传到思妇耳中，再入心中，便声声"皆是恨"。在等待之初，想必女子是只有爱的，因爱而想念，因想念而痛苦，但无奈别日太久，音信皆无，难免就生了怨，由怨而恨，恨千山万水的屏障，也恨那人竟全无消息，但这恨，本都是因爱而起。

独处闺房，又听到飒飒秋声，女子自然难以成寐。故只好斜倚着山枕，望着渐渐燃尽的油灯，带着爱与恨，思念着远方的情郎。

清醒，愁情就会逐来

周邦彦《瑞鹤仙·暖烟笼细柳》

　　暖烟笼细柳。弄万缕千丝，年年春色。晴风荡无际，浓于酒、偏醉情人调客。阑干倚处，度花香、微散酒力。对重门半掩，黄昏淡月，院宇深寂。

　　愁极。因思前事，洞房佳宴，正值寒食。寻芳遍赏，金谷里，铜驼陌。到而今、鱼雁沈沈无信，天涯常是泪滴。早归来，云馆深处，那人正忆。

　　烟柳弄情，春色迷眼。只是愁怀盈袖的人，并无心观赏，只能以杜康解忧。春日熏风荡然，与村醪的醺气相激，三五杯淡酒，足以让人醉倒花间。重门半掩，深院无声音。待醒来，已经是月淡黄昏。

　　相思的人，最怕梦醒时分。清醒，愁情就会逐来。

　　思绪又回到追忆中的邂逅，词客佳人如金风玉露相逢，相约踏青宴游，群花赏遍。只要与心爱的人执手相随，再寻常的园池苑囿，也似石崇为绿珠筑起的金谷梁园；只要看到心爱的人笑靥如画，再平凡的浅街陌巷，也如洛阳的铜驼巷陌。两人携手同心，游金谷、赏铜驼，旧情不改变，欢笑如昨。

　　只可惜，欢聚了片刻，风流便被风吹散。

　　到而今，千山相隔，没有鸿雁传书，也没有青鸟可以差使，相思难通，音书寂寥。触不得，到不了，只能在追忆中感受

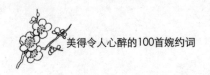

她的温存。这就是所谓"云馆深处，那人正忆"的意境吧。

云馆深深，意境空灵，如云烟雾绕。全词纷纭的意象，借着相思生发，时而石崇金谷，时而晋汉铜驼，如云中之梯，读者可以拾级而上，登上词人用神思筑就的天空之城，看到那困守在云馆深处的梦里佳人。

空灵，这是古代词评家极为推崇的境界。

明末清初的学者李渔甚至将空灵作为衡量词人的标准，他在《闲情偶寄》有言："说话不迂腐，十句之中定有一二句超脱；行文不板实，一篇之内但有一二段空灵，此即可以填词之人也。"清真词的空灵妙境，是由那经年漂泊、聚少离多的苦涩酿成的。周邦彦一生久在羁旅途中，又倜傥多情，每至离别，多有挥不去剪不断的风流情事。这触不着的相思缠绵，就成了清真词空灵之境的源泉。

谁人懂得爱与舍的分寸

秦观《画堂春·落红铺径水平池》

落红铺径水平池，弄晴小雨霏霏。杏园憔悴杜鹃啼，无奈春归。

柳外画楼独上，凭栏手捻花枝。放花无语对斜晖，此恨谁知。

秦观的诗向来以婉约纤柔的特质著称，刘熙载曾在《艺概·词曲概》中云："秦少游词得《花间》《尊前》遗韵，却能自出清新。"冯煦亦曾在《宋六十一家词选例言》中说："他人之词，词才也；少游，词心也，得之于内，不可以传。"这首《画堂春》尽是少女手笔，阴柔娇美，已臻至境，自然是秦观词典型的风格。

花园小径上铺满落红，虽替花惋惜，但仍有一丝遗憾美感藏匿其中。池水平静至极，甚至连一圈涟漪也不曾荡起，让游赏之人，也不敢放重脚步，生怕扰乱了这似要凝固的幽静。滴滴答答下了一天的雨，也不知在何时停了，亮而不刺眼的阳光透过枝丫的罅隙，均匀地洒下来。天气时雨时晴，恰如人心"欲无还有"，摇摆不定。春意方兴时，杏园中杏花簌簌凋零，更有杜鹃哀啼，春日终将要离去。

这本是一派令人惆怅的暮春景致，但经过秦观的疏淡之笔，哀中丝毫不见伤。如若让韦庄来描绘这般场景，定是"满院落花春寂寂，断肠芳草碧"，春日狼藉，离人断肠，既哀亦伤。秦观这纤柔婉转的格调，正是其词美之所在。

柳枝掩映中，露出画楼飞起的一角檐牙。正是这一角，使得人们窥见了女子幽微深婉的情意。只见她轻拈罗裙，款款登上高楼，独倚栏杆，"手撚花枝"。古来不乏爱花之人，但他们至多不过是赏花、折花、插花、簪花，也有林黛玉式的葬花，而像秦观词中撚花，而后放花之人，却绝无仅有，只此一个。撚花，彰显爱花的深情；放花，泄露惜花的无奈。世间又有几人懂得爱与舍弃的分寸？

花将残，春将尽，面对斜晖，自然会生出极为深幽的哀伤之感。而这一切，都需要自己咀嚼，自己品味。

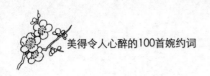

舍去不甘，求又不得

朱淑真《减字木兰花·独行独坐》

春怨

独行独坐，独倡独酬还独卧。伫立伤神，无奈轻寒著摸人。

此情谁见，泪洗残妆无一半。愁病相仍，剔尽寒灯梦不成。

黑格尔曾说，"爱情在女子身上显得最美，因为女子把全部精神生活和现实生活都集中在爱情里和推广成为爱情"。但他忽略了，让人满怀希望的爱情，在两人分离后失望得那么彻底。

朱淑真因情感不遂，作词颇有幽怨之音，流于感伤，后世常把他与李清照相提并论。

才女的极大不幸，往往是一颗真心无处寄托。蔡文姬、谢道韫莫不如此，朱淑真更是这般。多半人都知晓她所嫁非偶、遇人不淑，被命运玩弄于股掌，却少有人知晓，年轻时的她亦有过一段情投意合的爱恋，却被封建等级的铡刀，生生拆散。此后，这个"弄香花满衣"的女子，因了重情的天性，终究郁郁而终，香消玉殒。

人们或许更熟悉易安《声声慢》中以叠词写就的名句"寻寻觅觅，冷冷清清，凄凄惨惨戚戚"，称其有"大珠小珠落玉盘"之妙，而朱淑真这首《减字木兰花》中，开篇即有五个"独"字连用的妙语。"独行独坐，独倡独酬还独卧"，她一日的生活无非是行、坐、倡、酬、卧而已，如丝绸润华的岁月，她却唯有以孤独填充孤独，以寂寞打发寂寞，就连那无形无状的思念，也只得用思念来包裹。

独处幽栖时，只好久久伫立，或是回忆过去，或是遥想未来，但这所忆所想，只会让词人更加伤神罢了。一阵微风吹拂而过，她感到了蚀骨的寒意，冰凉的双手不得不将披风裹得更紧一些。

她本是个爱美、爱生活的人，此时却因"此情"无处安放，也无人可诉，更不知如何消解，而只好任由"泪洗残妆"。愁能伤身，病又生愁，愁病交叠的困扰，使得原本暖意融融的春日寒意袭人。夜不成寐时，也只有独自"剔尽寒灯"，将灯芯挑了又挑，这忽明忽灭的烛火，就是她舍去不甘，求又不得的爱恋。

词题为"春怨"，但是词中没有涉及一个"春"字，"轻寒"二字便是本该温暖的春天的变体；亦没有涉及一个"怨"字，"此情谁见"写没有人陪伴、没有人了解、没有人慰藉的处境，暗含怨意。

落空的滋味，尝过的人才知

魏夫人《菩萨蛮·溪山掩映斜阳里》

溪山掩映斜阳里，楼台影动鸳鸯起。隔岸两三家，出墙红杏花。

绿杨堤下路，早晚溪边去。三见柳绵飞，离人犹未归。

魏夫人为北宋丞相曾布之妻，于词史上颇有盛名，朱熹甚至将她与李清照并提，其云："本朝妇人能文者，唯魏夫人及李易安二人而已。"这首怀念远人之词即作于丈夫连赴秦州、陈州、蔡州、庆州等地时。此词被清代张宗橚在《词林纪事》中评为"深得《国风·卷耳》之遗"，意在赞赏此词温雅清正、明白晓畅、内敛含蓄。

傍晚时分，远处的青山，近处的溪水，都笼罩上了一层昏黄朦胧的余晖，沉静而美好。微风过处，平静如许的水面溅起一阵阵涟漪，溪水里楼台的倒映也随之摇晃起来，原本安静游于溪中的两只鸳鸯，此刻也扑腾着嬉戏起来。这由斜阳、青山、溪水、楼台、鸳鸯拼接而成的黄昏溪水图卷，动静皆宜，浓淡相称，女子的笔墨到底比男子细腻些。

几户人家稀稀落落横在清澈的溪流两岸，亭台楼阁倒映水中。正值春浓时节，岸边的院墙内，花草正蓬勃生长，更令人惊叹的是，一枝红杏，按捺不住春的撩拨，从墙上探出头来。此时没有人声，亦听不到鸡鸣狗吠，只有夕阳的余晖静静洒播。"出墙红杏花"这一细节，将整个春日都变得灵动起来，南宋叶绍翁的千古名句"满园春色关不住，一枝红杏出墙来"即是化用此句而来。

暮春时节，春风似剪刀般将杨柳剪裁。嫩绿的柳丝静静低垂，笼罩着长堤，轻拂着溪水，何其美哉！但在这美中，魏夫人又不经意间添了些许忧伤的笔墨。因为此地是她与夫君离别之所，所以，朝朝暮暮都在这里徘徊、等候、想念。然而，于此地徜徉了三年，年年都见柳絮吹绵，却不见夫婿归来，等待一次又一次落空的滋味，只有尝过的人才深知。

一个女子，在爱情到来之前，等待爱情，期盼爱情；在爱情到来之后，还未来得及好好感受风花雪月的温柔，就要独守空房；在爱情离开之后，是剪不断理还乱的离愁，是空空寂寂的等待，好似爱情生来即是为了别离。故而，趁着彼此还拥有时，且行且珍惜。

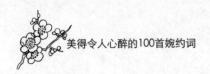
物是人非，才知当时的好

纳兰性德《浣溪沙·谁念西风独自凉》

谁念西风独自凉，萧萧黄叶闭疏窗，沉思往事立残阳。

被酒①莫惊春睡重，赌书②消得泼茶香，当时只道是寻常。

【注释】

　　①被酒：醉酒。

　　②赌书：比赛读书的记忆力。典出宋李清照、赵明诚赌书
泼茶之事。

　　世界上最遥远的距离，不是天各一方，也不是你站在我
面前却不知道我爱你，而是两个人眼中明明有着彼此，却终
究跨不过浮在眼前的桥。那桥便唤作"奈何"。奈何桥的那
一端，妻子卢氏或许已经忘记这一世的记忆，然而这一端，
纳兰却不得不守着三年来的点滴记忆，沉浸在亡妻的痛苦中
不能自拔。

　　劲劲西风又起，寒凉入骨，如今爱人已去，不知还会有
谁能在这冷风中将他惦念。无边落木坠叶萧萧，遍地黄叶堆
积，大肆渲染着秋日的萧瑟。许是在往昔，纳兰也曾和爱妻
卢氏一起在秋色里漫步，而今纳兰却紧闭着窗户，将自己锁

在房中，以为不听不看就能不烦不恼。但越是安静的环境里，越能勾起对旧事的回忆，回忆不堪重负，他终于推门出屋，却见已是日暮时分，斜风残阳里，往事排山倒海而来。

当年，他与她形影不离的日子还历历在目。他在春日醉酒，酣甜入眠，卢氏怕惊扰了他的美梦，体贴照顾，关心备至；他与她亦曾一起赌书泼茶，便如宋代那对恩爱夫妻赵明诚与李清照一般，琴瑟和鸣，志趣相投。

时间的不可逆转，往事的无法重现，真是令人痛心。岁月随风奔跑，忘不掉、洗不净的，竟然都是从前日子里最平凡的场景和最微小的细节。那些"当时只道是寻常"的事，在生死殊途之际，

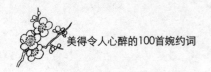

如一把钝刀将人刺痛。当时只道是寻常，从前常常以为平淡而真实的幸福是理所当然的事情，等到阅尽繁华、勘破荣辱，才惊觉时过境迁、物是人非的感悟竟是透心的凉。

这样的遗憾，太深，也太浅。一经察觉，便早已成了无法追回的过去。或许，短暂的东西才让人憧憬，也只有遗憾才让人痴迷于圆满，总是等到物是人非，才知当时的好。

卷六　没有你，世界寸步难行

那些沧桑的时光，犹如老树上的年轮，记录了岁月的流淌，也雕刻着人生的成长与得失。

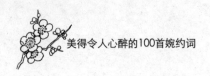

今年一别，只待明年

晁端礼《绿头鸭·晚云收》

咏月

晚云收，淡天一片琉璃。烂银盘、来从海底，皓色千里澄辉。莹无尘、素娥澹伫；静可数、丹桂参差。玉露初零，金风未凛，一年无似此佳时。露坐久，疏萤时度，乌鹊正南飞。瑶台冷，栏干凭暖，欲下迟迟。

念佳人音尘别后，对此应解相思。最关情、漏声正永，暗断肠、花影偷移。料得来宵，清光未减，阴晴天气又争知？共凝恋，如今别后，还是隔年期。人强健，清樽素影，长愿相随。

天边的晚霞渐渐消散，夜空澄明透彻，稀疏地点缀着几颗星。这一轮明月，从冰凉的海水中升起，浸满凉意。清冷的月光照向四方，万物仿佛皆披上了薄薄的白霜。

那广寒宫中的嫦娥，着一袭淡雅的衣裙，静静伫立在桂花树旁。从那玉盘之中的剪影，可以分明看到桂花树参差不齐的枝叶。初秋时节，露水刚刚开始凝结，秋风也还不算凛冽，一年中恐怕再没有如此美好的夜景。长久坐在这月光下，只见流萤散发着微弱的幽光，鸦雀在晴朗的夜空中飞向南方。夜色渐浓，楼台似乎也被笼上了寒气，唯独倚着的栏杆散发着温热。即便是这样，望月的人儿也迟迟不肯离去。

想来情人已离去许久，杳无音信，只记得他在临走之时的叮嘱，若是想念，便抬头望望天边的月亮。沙漏滴滴答答，婆娑的花影悄悄随月亮移动。料想明天夜月，月光之清冷也不输现在，但倘若恰逢阴天，恐怕就看不到月亮了吧。女子凝望着月亮，坚信千里之外的他也站在月光之中思念着自己。今年一别，只待明年再见。为了这个信念，女子苦等至今，可是分分合合哪里又有终止。

　　流连在月光下，也不知这月光能否把她的思念带给远方的情郎。凭栏对月，望着广寒宫里嫦娥那朦朦胧胧的影子，她默默流着泪水。还能怎么办呢，唯有等待与企盼了——"但愿人长久，千里共婵娟"。

　　北宋胡仔曾在其著作《苕溪渔隐丛话》中评价这首咏月词："中秋词，自东坡《水调歌头》一出，余词尽废，然其后亦岂无佳词？如晁次膺（端礼字）《绿头鸭》一词殊清婉，但樽俎间歌喉，以其篇长惮唱，故湮没无闻焉。"将此词与苏轼的名篇相提并论，足见评价之高。

江水茫茫，伊人在何方

晏几道《鹧鸪天·醉拍春衫惜旧香》

　　醉拍春衫惜旧香。天将离恨恼疏狂。年年陌上生秋草，日日楼中到夕阳。

　　云渺渺，水茫茫。征人归路许多长。相思本是无凭语，莫向花笺费泪行！

这一次，晏几道又喝醉了。一抬眼，迷迷糊糊看见了伊人的春衫，于是踉踉跄跄踱了过去，双手细细抚摸，轻轻拍打，嗅取旧时欢乐生活留下的气息。即使伊人已经离开许久，他依旧把这些旧物摆放在显眼的位置，奉若至宝，以便能够随时缅怀过往。天意弄人，他自负狂放不羁，能将一切感情放下，却不想竟被离愁别怨折磨得苦恼不已。一定是上天在故意惩罚吧，他想，不然"疏狂"如他何至于此？

庭院外南来北往的路上，年年都会生长秋草，野火烧不尽，春风吹又生；阁楼上视野开阔，他日日会去到那里看夕阳。夕阳无限好，只是近黄昏。日复一日，年复一年，他伫倚危楼，望尽天涯路，盼望伊人归来，也因此饱尝相思之苦。

云雾缥缈，江水茫茫，伊人现在何方？山高水远，归途长得看不到尽头。自别后，忆相逢，几回魂梦与君同。对她的思念一刻都没有减少过，时间愈久，反倒愈发想念。除了醉酒，除了睹物思人，就只剩挥笔倾诉相思意。可是提笔，又不知该如何表达。

罢了，"相思本是无凭语，莫向花笺费泪行"。相思之苦说不完道不尽，还是不要浪费花笺和泪行了。此句看起来决绝，实则尽显痴心。就算写满了这一张张彩色的纸笺，字里行间浸满眼泪，也无法将全部的思念表达出来。索性扔掉了手中的笔，回到卧室，继续"醉拍春衫惜旧香"。

这首词秉承了晏几道一贯的风格：用词清丽，情景融合，对往事的追怀中饱含伤感。借"醉拍春衫""年年秋草""日日夕阳""泪行"几幅生动感人的画面，把离别之愁和相思之苦表现得淋漓尽致。从相知到相恋，从相恋到相思，任何一场爱情都得经受别离的苦痛。面临相思，终归难以用理智去加以克服，那就沉沦其中吧。

缺憾也是一种美

黄庭坚《蓦山溪·鸳鸯翡翠》

赠衡阳妓陈湘

鸳鸯翡翠，小小思珍偶。眉黛敛秋波，尽湖南、山明水秀。娉娉袅袅①，恰似十三余，春未透，花枝瘦，正是愁时候。

寻花载酒，肯落谁人后。只恐远归来，绿成阴，青梅如豆。心期得处，每自不由人，长亭柳，君知否，千里犹回首？

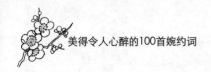

【注释】

①娉娉袅袅（pīng pīng niǎo niǎo）：形容女子苗条，体态
轻盈。

骤暖忽寒的世间，总需要一些凄美的故事来点缀。五味
一一遍尝，方才知晓所谓的缺憾也是一种美，更易让岁月铭
记与珍藏。

情窦初开的女子，懵懂中总有一股摄人心魄的魅力，好
似姹紫嫣红中那一朵清灵的水仙，自美自持却不自知。闲来
无事时，她就在池边看鸳鸯嬉戏、翡翠闲游，这成双成对、
相亲相爱的鸟禽如春搅动春水般，让她的心湖也掀起层层
涟漪。

心思细腻如她，隐隐幽怀也动了词人心。清晨描画的眉
黛好似远处翠碧的青山，耸立在云鬓旁侧；眼神犹如秋波荡
漾，含着淡淡哀愁，柔情脉脉。正值豆蔻年华的她，有着透
明的快乐，也有着纯粹的忧伤。眉黛微蹙，眼神流转，就是
一副令人爱怜的模样。

哪个少女不怀春，她也曾躲在自己小小的闺房中，偷偷
幻想着夫婿的模样，或许他着一袭青衫，或许他能与自己吟
诗作词。想象的过程自然快乐，但也掺杂着几许感伤与不安。
人们总是这般，因过去不懂爱情，所以日子总是单纯的色彩，
而今初尝爱情滋味，便觉未来好似着了一层疏雨，朦朦胧胧
的看不清楚，正是这份不确定，让她无端"正是愁时候"。

结识佳人，作者唯恐不早。欲见佳人，却又即刻分离、
后会无期，即便词人再归来，怕是花已成泥，叶已成荫，子

已满枝，而她早已所属他人。多情痴情的词人，又怎能禁受得住这沧海桑田的推移。

世事无常，离别好似情人之间永远摆不脱的梦魇。纵使心中有千般不舍，万般不愿，也得扬鞭跨马，让纷飞的万丈尘土掩盖昨日的深情。离散意，难慰藉，也唯有频频回首，但回首却只看到杨柳低垂，在微风的吹拂中画下一道又一道忧伤的弧线。

黄庭坚作词向来以奇崛瘦硬、力摈轻俗著称，而这首《蓦山溪》却清丽纤巧、情韵兼胜，浅显却隽永、诙谐亦庄重，好似一曲终了，仍余音绕梁。

终归是一场空想

周邦彦《风流子·新绿小池塘》

新绿小池塘，风帘动、碎影舞斜阳。羡金屋去来，旧时巢燕；土花缭绕，前度莓墙。绣阁里，凤帏深几许，听得理丝簧。欲说又休，虑乖芳信；未歌先咽，愁近清觞。

遥知新妆了，开朱户，应自待月西厢。最苦梦魂，今宵不到伊行。问甚时说与，佳音密耗，寄将秦镜，偷换韩香？天便教人，霎时厮见何妨！

夜凉风起，穿堂入室，低扫横塘。古人说"凉风有信"，但眼前这风，纵然撩得起帘幕，舞得动萍踪，却带不去词人的相思音信。

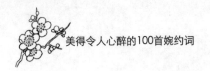

　　想当年，汉武帝宠爱陈阿娇，曾放言要用"金屋贮之"，可是宫门深如海，时光荏苒，当岁月爬上阿娇的眼角时，武帝喜新厌旧，金屋变成了金牢笼。眼前这绣阁凤帏的庭院，也是一座金牢笼。纵然这华美庭院有新燕啾啾、繁花缭绕，更有野莓浓艳欲滴，也不过是一座金玉其外的监狱。

　　屋内传出琴声，如泣如诉。门外徘徊的词客一听即晓，这正是当夜初逢时听过的怨曲。美人困守空房，如被幽居的阿娇，没有相如作赋，只有以琴声自诉。

　　礼法无情，美人却有敢爱的勇气。但纵使美人有勇气抗争，词客却没有胆量英雄救美。美人琴声仍未断，词客只能饮恨吞声，欲说还休。两人之间，重墙阻隔，只有无声皓月，不无怜惜地将悠悠清光均洒于这对不得相逢的情人身上。月上西厢，正是情人相会缱绻的时刻。但如今，千般相思，万般苦恋，也无法飞跃礼教的藩篱。

　　东汉时，秦嘉远行为官，临别时赠妻子徐淑明镜一面，让妻子可以照镜理妆容。物虽小，徐淑却感受到其中的夫妇情重，于是一路音书互答，恩爱至极。可惜，秦嘉病死任上，从此与徐淑永难相见。最后徐淑被亲人逼迫改嫁，但宁死不从。

　　西晋时，韩寿在权臣贾充手下任幕僚。他爱上贾充的女儿贾午，两人私通，非议四起。贾午甚至偷了父亲收藏的奇香赠予韩寿。贾充闻其香而知其事，最终成人之美，将贾午嫁给了韩寿。

　　但于周邦彦而言，这"偷香"之美，终归是一场空想。

此时无声，更胜有声

苏轼《江城子·凤凰山下雨初晴》

湖上与张先同赋，时闻弹筝

凤凰山下雨初晴，水风清，晚霞明。一朵芙蕖①，开过尚盈盈。何处飞来双白鹭，如有意，慕娉婷。

忽闻江上弄哀筝，苦含情，遣谁听！烟敛云收，依约是湘灵。欲待曲终寻问取，人不见，数峰青。

【注释】

①芙蕖（qú）：荷花。

人与地的缘分往往是相互的。苏东坡的诗情，非杭州的画意不能尽其才；杭州的画意，非苏东坡的诗情不能极其妙。苏东坡得杭州，如鱼得水，生命不再枯燥；杭州得东坡，如水得鱼，从此有了灵魂。

是日午后，天空放晴，阳光刺破云层将山水点亮，西湖上也渐渐多了游船和游人。雨已歇，云未散，暮色斑斓，映出山头的五彩云影。水波摇曳，舟行如梭，山色青翠，雾霭蒙蒙。荡漾的水波中，有荷花盈盈俏立。一对白鹭飞来，"如有意，慕娉婷"。

这"娉婷"不仅吸引了"双白鹭"，还吸引着词人等一

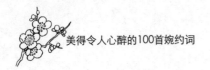
众同游者——原来是个弹筝者。苏轼与友人们本沉醉在湖光山色里，突然见一只彩舟驶来，又闻筝声忽然起于水面。声声筝鸣尽凄婉，仿佛有无尽的心事想要诉说，在这陌生的地方，对着陌生的人，每一件心事都随着筝声传递开来。她一句话都没说，但心思又一点都未保留。

刹那间，烟敛云收，天空像蓝玻璃一样澄澈透明。雾霭不见了，彩霞不见了，湖面上其余的船也像是有意闪开了似的，只剩下一湖清水。苏轼再去看舟上女子，只见她双手熟练地拨弄着琴弦，凄婉筝声汩汩而出。

不知她是谁家女子，还是远道而来的湘灵。哀怨的背后总是有说不尽的故事，可是过于沉重的故事往往说不出来，只好把所有的内容都融进了筝声。旁人听得出哀怨，却听不出为什么哀怨。即便知那哀怨源自何处，也无从道来。

乐声醉人，待到一曲终了，余音散去，他们再睁开眼睛想去看那弹筝人，才发现彩舟已逝，湘灵已远，唯青峰数座，倒影幽然。心中有怀恋，也有遗憾，然而这忽然而来又忽然而去的邂逅，本就不需要有什么结果。"人不见，数峰青"，此时无声，更胜有声。

喜怒哀乐，唯有自己知晓

沈宜修《蝶恋花·犹见寒梅枝上小》

感怀

犹见寒梅枝上小。昨夜东风，又向庭前绕。梦破纱窗啼曙鸟，无端不断闲烦恼。

却恨疏帘帘外渺。愁里光阴，脉脉谁知道？心绪一砧空自捣，沿阶依旧生芳草。

沈宜修的《蝶恋花》，将闺中女子终日无所事事，等待郎君归来，却不能如愿的闲愁刻画得入木三分。百无聊赖，坐立不安，等待的心情大抵都是相似的，女儿家的体会可能尤为深刻。

女子望着窗外枝头上的梅花，不禁感慨，这么多天过去了，梅花似乎并没有什么变化。一个人若非有闲情逸致，特意去留意，那定是无聊到了极致，才会每日留心枝头花朵的生长。昨夜东风呜咽着在庭前打转，像是人的脚步声，令她辗转难眠。好不容易入睡，却又叹"梦破纱窗啼曙鸟"，清晨的鸟叫声传来，早早将梦惊醒，又让她独自坠落到寂寞的现实里。莫名的烦恼涌上心头，无力排解，女子就这般在闲愁中开始了一天的生活。本是新的一天，但与往日也没有什么不同。

隔着稀疏的珠帘，女子望着室外，渺渺茫茫，看不到熟

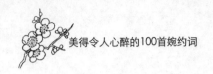

悉的身影，烦恼又增了几分，却无处倾洒，只好怨那珠帘，摇摇晃晃让人心烦意乱。光阴那么短，又那么长。女子这不动声色的闲愁，到头来还是要她自己承受。

古人常常用砧上捣衣来象征男女的相忆相思。女子把对戍边丈夫的思念，都寄托在那杵声中，寄托在那一棒一棒捣出的征衣中。沈宜修笔下的女子，虽然没有捣衣，心却如捣衣那般砰砰跳动，寂寥而无奈。那心中的捣衣声，回荡在空荡荡的心房，回荡在空荡荡的闺房。闺房门外台阶上长满萋萋芳草，恰恰说明许久未有人登上这台阶，只有她一人日日进进出出，寂寞生活。

痛苦是一种奇怪的感觉，它会让模糊的东西变得清晰，让迟钝的东西变得尖锐，而这种清晰又尖锐的痛苦，多是爱情不可或缺的附属。愁里光阴，彼时岁月，有多少喜怒哀乐，唯有个中人自己知晓。

一切都是相思惹的祸

石孝友《眼儿媚·愁云淡淡雨萧萧》

愁云淡淡雨萧萧，暮暮复朝朝。别来应是，眉峰翠减，腕玉香销。

小轩独坐相思处，情绪好无聊。一丛萱草，数竿修竹，几叶芭蕉。

两人因为隔了一程山水，就生生隔出了两岸。他的岸边尚是冬雪寒烟，而她的岸边或许已是落红如雨。每每想着乘一叶扁舟，渡过沧浪之水，再一次相逢相守，然而蝴蝶总是飞不过沧海，两岸之间空洞般的罅隙，还得用思念填充。

愁云淡淡，犹如无际无涯的愁绪，无影也无踪，却如何也挥不去。疏疏落落的雨漫不经心地敲着窗棂，不轻也不重，恰似他的心声，滴滴答答，不知何往。愁云不散，疏雨不驻，他的愁绪无穷，思念也不绝，朝朝暮暮即是如此。

猛然间，他想到自己身为一个男子因为离散尚且这般惆怅，远在一方的她想必更甚吧！自他走后，她的心便上了锁，这把锁除却他再无人难开启。时日日渐累积，锁也锈迹斑斑。既然他不在身旁，簪花匀粉，又给谁看呢。春情漠漠，相思缠绵，这分袂的徒刑，将她折磨得容衰消瘦。"别来应是，眉峰翠减，腕玉香销"，从对方入笔，更显情深。

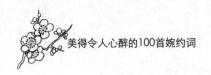
柳永亦有"想佳人、妆楼颙望，误几回、天际识归舟"之句，他漂泊难归，自然寂寞凄苦，但转念一想，那盼郎归来的佳人岂不更为伤怀？美人俏立在高楼上，无数次看到水天交接处隐现的白帆，一再期待却又一再失望，想必再滚烫的一颗心都会渐渐转凉。

词人独坐小轩窗，形影相吊，茕茕孑立，透过半掩的窗户看到庭院中萱草丛生、修竹成簇、芭蕉摇曳，不由得叹一句"情绪好无聊"。此处，萱草、修竹、芭蕉尽都是添愁加恨之物。然而这些景致本无情感，又怎会惹起词人的惆怅呢？一切都是相思惹的祸罢了。

石孝友以词名世，常用俚俗之语写男女情感，直率而自然。《眼儿媚》中，"淡淡愁云""潇潇细雨""萱草""修竹""芭蕉"，勾勒出一幅凄凉幽寂的相思图卷，言辞纯真自然，毫无浓妆艳抹之迹，且又带有一抹淡淡的忧伤，是本词最为显著的特色。

遗憾甚深，思念甚切
姜夔《鹧鸪天·肥水东流无尽期》

元夕有所梦

肥水东流无尽期，当初不合种相思。梦中未比丹青见，暗里忽惊山鸟啼。

春未绿，鬓先丝。人间别久不成悲。谁教岁岁红莲夜，两处沉吟各自知。

恨能稀释，怨能风化，而能在时间的河流中日夜流淌，却永不消散的，怕是只有爱吧。纵然在一个岔路口，携手的人们蓦地遗失了对方，但走过的路途，看过的风景，都是生命给予彼此的馈赠。即使那些许下的诺言，在渐行渐远的时光中没有实现，也不必去计较，毕竟，没有人是真心违背的。思念，是给那段昏黄时光最好的礼物。

姜夔早年曾与两位合肥女子相遇、相恋，最终却未能厮守。对此，词人一直耿耿于怀。分袂后，他忽觉人生成了一部无字天书，茫然不知所措，不知如何注解，也不知如何释怀。他也曾暗暗埋怨自己，既然不能相守，当初又何必种下这段相思情缘。

因遗憾甚深，思念甚切，故时时邀佳人入梦。那一晚，词人随便翻了几页诗书，便在欲明将暗的烛光中，沉入梦乡。

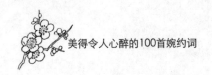

梦中好似又是那片明媚的景致，肥水悠悠东流，伊人也仍站在水畔一侧，哼唱着无词的曲调，采撷莲子。词人乘着小舟划了一程又一程，却始终感觉她们宛在水中央。许是已经许久不见，只听得她们细细碎碎的笑声，面容却是恍惚难辨、漫漶不清，甚至还不如丹青图画中清晰。但就是这样朦胧的梦境，也很快被山鸟的啼叫声惊破了，醒来之时，他好似一片忽然离开枝丫的叶子，回不到过去，亦看不到未来。

真心总是随着岁月一同生长，蚀骨的相思也从不浮现在表面，就如同大海一般，波澜不惊的表面下是炽热的激流和暗礁。长久以来的相思和痛楚早已沉入词人的骨髓，渐渐地反而显出些迟钝。两鬓斑白，再也没有走过千山万水去寻觅佳人的力量与勇气，只得年年看着红莲灯亮起，让风为自己向对方捎去些惦念。

陈廷焯《白雨斋词话》卷二中曾云："姜尧章词，清虚骚雅，每于伊郁中饶蕴藉，清真之劲敌，南宋一大家也。梦窗、玉田诸人，未易接武。"这首词意境空灵蕴藉，真可谓是"意愈切而词愈微""感慨全在虚处"。

时光都如覆水，现实终归残酷

邵亨贞《扫花游·柳花巷陌》

春晚次南金韵

　　柳花巷陌，悄不见铜驼，采香芳侣。画楼在否。几东风怨笛，凭阑日暮。一片闲情，尚绕斜阳锦树。黯无语。记花外马嘶，曾送人去。

　　风景长暗度。奈好梦微茫，艳怀清苦。后期已误。剪烛花未卜，故人来处。水驿相逢，待说当年《恨赋》。寄愁与。凤城东、旧时行旅。

　　文人邵亨贞生活在元、明之际，入明之后，他的生活不离乡野，常写伤春感秋、赠答酬唱之作。在这首与友人南金的唱和之作里，邵亨贞为女子立言，写闺怨闺情，写爱情离开后，那些足以捣毁生活的孤独寂寞。

　　旧地重游，青春时光里的一幕幕就如被投入水里的石子，惊起了心海的涟漪。柳花巷陌依旧，却不见了昔日陪伴的少年。此时此刻，郊野上依旧有佳侣携手采香，一如当初的他们。日暮时分，她再次登上曾经熟悉的画楼，危楼独倚，只听到一阵阵凄凉的笛声由东风送来，撩拨着她那寂寞的心弦，让她不由得跌入记忆里。曾经，她与爱人一起在这座画楼上眺望过水光山色，欣赏过潋滟风景；曾经，她在此处与爱人

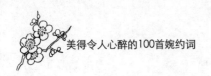
诀别送行，马鸣嘶嘶、尘土飞扬，爱人的身影渐渐消失在绚烂的春光里，从此天南海北再未相逢。

每个人都是孤独的，在分离的世界里，寂寞地跳着单人舞。时间在不知不觉中流逝，"风景长暗度"，约定的日子早已过去多时，对方却迟迟未归，"后期已误"，她知爱人归期渺茫，纵然心里千苦万苦，还是妥帖珍藏着旧日的情愫。

不论她多么恋恋不舍，时光都如覆水，现实终归残酷，"好梦微茫"，她连一场相逢的梦都没有做过，想来更让人觉得心酸。不仅重逢无期，其实她连对方的消息也无从获知。"剪烛花未卜，故人来处"，即使灯花迸溅，女子也没能卜算出那人的归期，"好梦微茫"的遗憾由此又深了一重。

遗憾不止于此。旅途中的爱人尚且杳无音讯，她自己又踏上了漂泊之路。好梦都不曾做过，终究是只能在心里企盼，盼"水驿相逢，待说当年《恨赋》"。原地等待尚且不见归人，天地浩大，又岂是那么容易在异地相逢？只能揣着这不切实际的想象，天涯飘零。

青春韶华无法挽留

王国维《蝶恋花·阅尽天涯离别苦》

阅尽天涯离别苦，不道归来，零落花如许。花底相看无一语，绿窗春与天俱暮。

待把相思灯下诉，一缕新欢，旧恨千千缕。最是人间留不住，朱颜辞镜花辞树。

时光在各人身上留下的印迹想必是浅的，令纵情于欢乐的人们无从察觉。等到蓦然回首，才发觉这一路悲喜交加的行程，已经让红颜失了妩媚，让少年发染白霜。

此时的王国维刚刚年过而立，但常年漂泊在外，可谓"阅尽天涯离别苦"。久在羁旅，难免念家，终于能够归来时，他必是策马扬鞭，疾驰而来。然而"不道归来，零落花如许"，没想到回到家之后，青春时貌美如花的妻子，竟然也像春过之后的花朵那样凋零了。一个"不道"，将词人那种出乎意料的惊讶和悲伤表达得淋漓尽致。

妻子听到他回来的声音，也是早早地在庭院中等候。在院子里的花树下，他们四目相对，有千言万语要说，却因久别成疏，一时间竟不知从何说起。在这暮春时节，春雨潇潇，又逢黄昏至，大自然中的"花"与人世间的"花"一起走到了"暮年"。

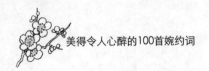

天色渐晚，室内昏黄，妻子点起了烛火。两人在灯下互相倾诉分别后的相思，在轻轻摇曳的烛火下，两个人的身影相依相偎，影影绰绰。然而，这短暂欢聚的快乐，却不足以冲淡过去岁月中不能相守的遗憾和痛苦，不禁悲从中来，只觉遗恨千重万重。

"最是人间留不住，朱颜辞镜花辞树。"词人忍不住感叹：世间最令人无奈的，便是青春韶华无法挽留，不知不觉间，最好的年华已经逝去，那娇媚的容颜已经暗淡，就像窗外庭院里的一树芬芳，不也在不知不觉中全部凋零了吗？

时间如此残忍，一刀刀划开岁月的衣衫；时间又那样温润，像一块晶莹的美玉，保存着对记忆的思念。那些印在诗词里的"时间碎片"，如流逝的青春、消散的斜阳、叶落的深秋，绽放过绚烂，然后凋落。那些沧桑的时光，犹如老树上的年轮，记录了岁月的流淌，也雕刻着人生的成长与得失。

卷七　断桥残雪，垂泪好几遍

三春过尽也不是最悲伤的事情。明知不可得、不该追、不会回，却还放不了手，才是更加漫长的痛苦。

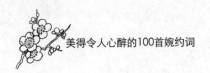
生当长相守，死当长相思

贺铸《半死桐·重过阊门万事非》

重过阊门万事非，同来何事不同归？梧桐半死清霜后，头白鸳鸯失伴飞。

原上草，露初晞，旧栖新垅两依依。空床卧听南窗雨，谁复挑灯夜补衣！

苏州阊门是贺铸与妻子曾经生活过的地方，也是他所有甜蜜与痛苦的集结之处。阔别数年，年过半百的贺铸再来这里，旧时的回忆如潮水般涌上心头。曾经他们相濡以沫、生死相依，不幸的是，赵氏后来因病去世，只留下贺铸一人独守寂寞。

不知是哪个梦回后的午夜，窗外下着连绵不断的细雨。贺铸习惯性地伸手触摸，枕边却空空如也，这才想到，妻子已经走了许多年了。他披衣下床，站在窗前，远处的黑暗中闪烁着一点灯光，他不禁想到，或许也有一个像她一样的女子，正挑灯为心爱的丈夫缝补衣衫吧。

鸳鸯白头，这是多少人内心深处关于爱情最简单也最迫切的愿望。虽只如此，但又有几人能够如愿。庾信曾在其作《枯树赋》中发问："桂何事而销亡，桐何为而半死？"不过，最早出现"半死桐"之说的是汉赋《七发》，其中说龙门有桐，其根半生半死，砍伐下来做成琴，其声为天下至悲。古人也认为合欢连理树形似梧桐，所以在诗文中也常以"梧桐半死"来比喻丧偶。这首词所用的词牌名实为《鹧鸪天》，又名《思越人》，但贺铸为了表达对妻子的深情哀悼，便自己将词牌名定为《半死桐》。

徘徊在衰草遍野的荒原之上，眼前是新拢起的坟垄，那就是妻子的长眠之处。旧时所居之所虽在，曾经相依的两个人却是生死殊途、阴阳相隔。

在赵氏去世二十多年之后，七十多岁的贺铸死于一所僧舍里，其后与夫人合葬在宜兴清泉乡的东条岭。生当长相守，死当长相思，时隔二十余年，贺铸终于与长眠的妻子相聚，一了生前寂寞。

他终归是座渡桥
洪迈《踏莎行·院落深沉》

院落深沉，池塘寂静。帘钩卷上梨花影。宝筝拈得雁难寻①，篆香消尽山②空冷。

钗凤斜敧，鬓蝉不整。残红立褪慵看镜。杜鹃啼月一声声，等闲又是三春尽。

【注释】

①宝筝拈得雁难寻：是指筝面上承弦的柱，整齐斜列好似大雁列队飞行。

②山：这里指屏风上所绘的山峰。

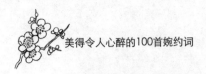

南宋文学家洪迈这一
首词，落笔婉转作势，传
情迂回曲折，然而恰是女
子弹奏出来的音调不准的
曲子，才把这首词里的弦
外之音道了出来——漫漫
红尘，总有一个人如烟雨
画桥，帮你渡过险川恶水，
但岁月流转，他终归只不
过是一座渡桥，而非归宿。

院落深沉，安静异常；
一汪静水，毫无声息；帘
幕半卷，花影疏斜。句句
都是静景，本也算是让人
心旷神怡的景色，却不知
为何静得有些骇人。"梨
花影"映在帘幕上，影影
绰绰，勾扯出的都是心中
离思，她内心一片荒凉，
眼里的鲜妍春景也无半分
可爱之处。

百无聊赖的她，只好
以弹筝来抒发心中郁结，
却偏偏是"宝筝拈得雁难寻"，她弹奏出的竟是一首音调不
准的曲子。然而正是这荒腔走板的曲子，才道出了内情——
想来这女子必然精通音律，但此刻曲不成调，必是因情而动。

篆香慢慢燃尽，连那屏风上的山映在女子视线里仿佛都是冷的。"冷"既在说屏风画作的色调偏冷，更在形容女子心境的凄凉。

心绪不佳，自然就没有心情打理自己的妆容。她发间凤钗斜挂，蝉鬓凌乱不整，脸上的妆迹几乎褪尽。花样年龄，本该是最爱美的，但她是个被爱舍弃的人，便觉得所有装饰也成了多余的。

女子揽镜自照的一幕，也是极静的，不过因添了人物进来，总归比上阕里的静景多了些许生气。可是，再次将寂静打破的，是"杜鹃啼月一声声"。听杜鹃啼血哀鸣，看春意无情流逝，所谓的"生气"，幡然又成了无法承担的痛苦以及无法挽回的失去，更添寂寥。

悲叹一句"等闲又是三春尽"，但事实上，三春过尽也不是最悲伤的事情。明知不可得、不该追、不会回，却还放不了手，才是更加漫长的痛苦。

再多的相思也是自苦

戴复古《木兰花慢·莺啼啼不尽》

莺啼啼不尽，任燕语、语难通。这一点闲愁，十年不断，恼乱春风。重来故人不见，但依然、杨柳小楼东。记得同题粉壁，而今壁破无踪。

兰皋新涨绿溶溶。流恨落花红。念着破春衫，当时送别，灯下裁缝。相思谩然自苦，算云烟、过眼总成空。落日楚天无际，凭栏目送飞鸿。

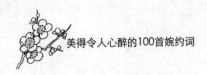

不管过了多少年，武宁的春天还是那样美，处处细雨和风，处处莺声燕啼。妻子曾说这双双对对的莺燕最通人性，不知此刻它们是否能读懂他的满怀愁绪和伤心。离开的十年间，痛失爱妻的隐痛无时无刻不在心中蔓延，虽只道"这一点闲愁"，却实则有十载相思泪，皆已飘散在春风里。

那一年春天，他们在长亭诀别，她对他说，"后回君若重来"，如今他回来了，却已是"故人不见"，人去楼空。小楼东畔，杨柳依依，和当年一般无二。还记得那时夫妻二人"同题粉壁"，但如今，当时的题诗已经在风霜雪雨中斑驳，没了痕迹。春水新涨，绿波荡漾，但那花还未开多久，就零落于东风，随水而逝，其命何其薄哉。就如她，在如花的年纪，就早早地凋谢枯萎。

词人的眼前又浮现出临别之前，她在灯下为他缝补衣物的凄凉身影。那时的她面对丈夫的诀别，忍着痛，将自己的不舍一针针一线线密密地缝进那件春衫里，最后选择用生命祭奠自己的爱情。

佳期如梦，那几年的时光如云似烟，过眼成空。戴复古始终是亏欠了她，他也知道如今天人永隔，再多的相思也是自苦罢了，但这样的折磨也是上天对自己的惩罚吧，他心甘情愿领受。

凭栏远眺，楚天之下，飞鸿已经悄然远去，就好似妻子永不归来。

南宋文人戴复古文笔俊爽，清健轻捷。此词绵丽哀婉之思，情感深切，动人至深。正如况周颐《蕙风词话》里所说，"石屏词往往作豪放语……绵丽是其本色"。

缱绻深情让人心痛不已

吴文英《莺啼序·残寒正欺病酒》

　　残寒正欺病酒，掩沉香绣户。燕来晚、飞入西城，似说春事迟暮。画船载、清明过却，晴烟冉冉吴宫树。念羁情、游荡随风，化为轻絮。

　　十载西湖，傍柳系马，趁娇尘软雾。溯红渐、招入仙溪，锦儿偷寄幽素。倚银屏、春宽梦窄，断红湿、歌纨金缕。暝堤空，轻把斜阳，总还鸥鹭。

　　幽兰旋老，杜若还生，水乡尚寄旅。别后访、六桥无信，事往花委，瘗①玉埋香，几番风雨。长波妒盼，遥山羞黛，渔灯分影春江宿，记当时、短楫桃根渡。青楼仿佛，临分败壁题诗，泪墨惨淡尘土。

　　危亭望极，草色天涯，叹鬓侵半苎。暗点检、离痕欢唾，尚染鲛绡，䰀②凤迷归，破鸾慵舞。殷勤待写，书中长恨，蓝霞辽海沉过雁，漫相思、弹入哀筝柱。伤心千里江南，怨曲重招，断魂在否？

【注释】

　　①瘗（yì）：掩埋，埋葬。

　　②䰀（duǒ）：下垂。

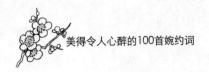

　　吴文英的悼妻词《莺啼序》，全词通篇二百四十字，字字深情款款，把词人内心的情感变化描写得细腻动人。这对痴情夫妻被分隔两地，后来妻子病逝，两人更是天人永隔。词人却一直对妻子念念不忘，作词以悼亡妻，其缠绵深情让人心痛不已。

　　暮春时节，乍暖还寒，他独自躲在房中喝酒买醉，心中的忧愁却分毫不减。春燕归来晚了，鸣叫着飞进西城，飞到词人所在的屋檐下，似乎劝他莫把这春色辜负。他乘画船故地重游，水面荡起一圈圈涟漪，清明已经过去，但天气依旧清冷。远远望去，岸边水中倒映着片片吴宫树的树影，犹如梦境。想到自己这些年漂泊他乡，羁旅愁思就像风中的柳絮四处飘散，天地间朦胧一片。

　　幽谷中绽放的兰花渐渐枯萎，鲜嫩的杜若长势茂盛，而自己依旧在水乡做着飘零客。分袂之后，她便音信全无，花开花谢，几经沧桑，竟听闻她已香消玉殒。想当初，流水嫉妒她如水的眼眸，青山艳羡她翠色的眉黛。犹记得，两人春江水滨共度良宵，渡口送别之时，短楫离岸，水中灯影也随着水波摇晃。楼阁犹在，题诗犹存，却不见伊人。

　　本想把这绵延不休的相思和遗恨写成一封书信寄给伊人，可惜天高地阔，江水浩瀚无边，鸿雁也不见踪影，去哪里寻找可以传递书信的人呢？莫不如把这缕缕情思写成曲谱，用古筝来传递吧。江南好风景无边无际，词人的怅惘也连绵不绝，无以消解。黄昏时分，云淡风轻，他久久伫立，周围一片空寂，仿佛能听到远处隐隐约约传来哀怨的琴声，似乎在招呼那断魂。他不禁热泪盈眶，叹道："爱人啊，你若听到我的呼唤，今夜就来梦中与我相会吧！"

佳人芳踪再也寻不到了

纳兰性德《南乡子·泪咽却无声》

为亡妇题照

泪咽却无声，只向从前悔薄情。凭仗丹青重省识，盈盈，一片伤心画不成。

别语忒分明，午夜鹣鹣梦早醒。卿自早醒侬自梦，更更，泣尽风檐夜雨铃。

日日夜夜，他的脑海中都是亡妻的身影。这一日，他突然想给妻子绘一幅肖像，以睹画思人。可惜，丹青未染，他已泪咽无声，心中生出无穷感慨，这才有了这首如杜鹃啼血般悲恸的悼亡词。

"泪咽却无声，只向从前悔薄情"，只做字面解释，是说词人无声呜咽，为自己以前的薄情追悔莫及。但所谓"薄情"，并非常见的负心，也不是说他不念情意；恰恰相反，正是因为情深，他才会对亡人满怀愧疚。纵使朝思暮想，卢氏也不可能回到他的身边，而亡者的容貌，恐怕也会在漫长的时光中逐渐变得朦胧不清。他想手绘丹青，亲笔画下她的美丽面容，最终却是"一片伤心画不成"。

欲要绘丹青以缅怀，却未能如愿，索性把全部思念寄托到梦里。但就是连这场梦，做得也不顺利。天还没亮，词人就惊醒过来，与妻子双栖双飞的美梦也随之成了幻影，耳边

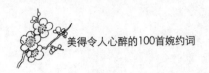

似乎还回荡着妻子的匆匆告别，但佳人芳踪再也寻不到了。

岁月冷，青衫薄。画不成，梦又醒。生离死别只在瞬间发生，此后痛苦的日子却很漫长，为自我宽慰，纳兰又道："卿自早醒侬自梦。"这是《南乡子》里传神之句，妻子的早逝固然令人悲伤，但又未尝不是脱离了苦海，未亡人却要独自承受此后的一切痛苦。

结尾"泣尽风檐夜雨铃"化用了唐代典故。安史之乱中，杨贵妃在马嵬坡被缢死，平定了叛乱以后，唐玄宗北还。一路上，凄风苦雨吹打着皇鸾的金铃，玄宗想起往事，写下了一首《雨霖铃》悼念玉环。深沉的夜色中，纳兰也听到了窗外的风雨声，还有风雨吹打檐铃的声音，无休无止，催人泪下，仿佛他也穿越回了数百年前的大唐，也如那个伤心欲绝的男人，哀悼着逝去的爱人。

从来是人生长恨水长东

纳兰性德《临江仙·点滴芭蕉心欲碎》

点滴芭蕉心欲碎，声声催忆当初。欲眠还展旧时书。鸳鸯小字，犹记手生疏。

倦眼乍低缃帙①乱，重看一半模糊。幽窗冷雨一灯孤。料应情尽，还道有情无？

【注释】

①缃帙（xiāng zhì）：浅黄色书套。亦泛指书籍、书卷。

心欲碎，却不知是芭蕉心碎，还是纳兰心碎。对于纳兰来说，芭蕉心在其不展吧。因其不展，枝枝叶叶才藏得住纳兰梦萦半生的回忆，层层叠叠才容得下纳兰多愁又敏感的心。

"忆当初"，短短三字便如一把利剑斩断今生。今生已作永隔，窗外风声雨声入耳，曾有多少夜晚流逝于情意缱绻的呢喃？未来又将有多少不眠的孤夜，唯有旧忆聊以回味？所幸，过去的日子并未消逝于流年，在那发黄的红笺之上仍可以略窥一二。

当年的娇俏语长萦耳畔，那副欲语还休的羞涩模样犹在心头，鸳鸯小字里，似可见这位解语花的身姿若隐若现。然而，以为是一生一世的一双人，所托竟是几页满蘸相思意的旧时书。

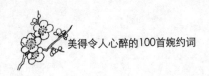

　　旧时书一页页翻过，过去的岁月一寸寸在心头回放。缃帙乱，似纳兰的碎心散落冷雨中，再看时已泪眼婆娑。"胭脂泪，留人醉"，就让眼前这世界一半清醒一半迷蒙交错，梦中或有那人相偎。

　　又是一窗冷雨，纳兰看到了半世浮萍随水而逝，如记忆中挥之不去的她，"一宵冷雨葬名花"。还是纳兰身边这盏灯，只是不再高烛红装，唯有寒月残照，灯影三人。

　　罢了，一梦似千年，从来都是人生长恨水长东。刘禹锡一句"东边日出西边雨"，留多少痴念在人间。已道无情，而情至深处难自已。对亡妻的这般深厚的情意，恐怕不仅仅因为纳兰对她有爱情，而是因为她已成为纳兰人生中难得的知心人。如果说情是前生五百次的回眸，爱是百年修得之缘，那么知心便是三生石畔日日心血的倾注。

　　有情无？

　　纳兰笃定不念今生，料想今生情已尽。一心待来生，愿来生再续未了缘，可有来生？

伸出手去，只空空落落

潘牥《南乡子·生怕倚阑干》

题南剑州妓馆

生怕倚阑干，阁下溪声阁外山。惟有旧时山共水，依然，暮雨朝云去不还。

应是蹑飞鸾，月下时时整佩环。月又渐低霜又下，更阑，折得梅花独自看。

　　宋代文人潘牗的这首歌，是为一位亡妓而唱。在那样的时代，即使文人们以青楼寻欢为风雅之事，但为了一个逝去的妓女大放哀声，终究是为人不齿的。即便如此，潘牗也不在乎。

　　这首悼词的调子，从一开始便是悲哀的。他独自凭栏，见亭台下流水依旧，楼阁外青山依然，于是叹道："生怕倚阑干。"只因这凭栏处，昔日有她和自己一起眺望美景、对酒赋诗，如今斯人已去，唯留他一人看着"阁下溪声阁外山"，空忆往事却无法回首，只唤起了惆怅。

　　青山依旧，伊人不在，曾经的缠绵欢愉也随着她的离世而一去不还了。若是人间的短暂分离，终究还有聚首的可能；一旦是人间天上的分别，便真的是后会无期了。

　　多么希望，这逝去的佳人是驾着飞鸾升仙，去了天宫。如若这般，或许她还会乘着月光回头与自己相见。那一袭华丽的衣衫必定是十分耀眼的，才会让词人不知不觉间被晃了神，以至泪眼蒙眬。

　　但是，死者已矣，无论词人如何牵肠挂肚，她都不会在月夜归来，与他共诉离伤。他彻夜相思，难以成眠，直到月色隐去，晨露渐起，也没有等到那个熟悉的身影。孤独的他只得折下梅花一枝，独自欣赏。想必这梅花定然也是过去他们一起赏玩过的，说不定那时候女子还曾采下红梅插在鬓间，要他比较究竟是花美还是人美。如今，他手拈梅花，想为佳人再插于发间，伸出手去，只空空落落。

　　伊人的样子还不时地在他眼前晃动，往事可重现却不可追回，只得把内心对温暖和甜蜜的向往冰冻起来，连同美好

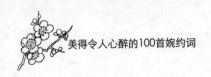

的回忆一起尘封，让自己习惯寂寞的生活。

清代词学家黄蓼园认为，这首悼亡词"词致俊雅"。其"俊"在于，全词节奏短促，起落有致，语言精简；其"雅"在于，此词感情浓烈，但含而不露，意境深婉。

人间死别，重逢无期
白朴《水龙吟·短亭休唱〈阳关〉》

丙午秋到维扬，途中值雨，甚快然

短亭休唱《阳关》，柳丝惹尽行人怨。鸳鸯只影，荷枯苇淡，沙寒水浅。红绶①双衔，玉簪中断，苦难留恋。更黄花细雨，征鞍催上，青衫泪、一时溅。

回首孤城不见，黯秋空、去鸿一线。情缘未了，谁教重赋，春风人面。斗草闲庭，采香幽径，旧曾行遍。谩今宵酒醒，无言有恨，恨天涯远。

【注释】

①红绶：指绶带鸟，即练鹊，雄鸟有红色羽冠，尾部有两根长羽毛；雌鸟则羽冠不显，尾部无长羽毛。

白朴在五十五岁时，遭遇了丧妻之痛，后又幸得一侍妾陪伴左右。这女子不仅美丽温柔，还善解人意，以至被白朴引为"知音"，形影不离。然而，世事无常，耄耋之年的他又再一次尝到了失去爱人的滋味。红颜如花，流年似水，人生最难躲开的便是命运的无常。

此时他将离开扬州，因心中愁苦太深，在与友人分别之际，连《阳关曲》也不敢唱了。"鸳鸯只影，荷枯苇淡，沙寒水浅"，不知不觉就触动了他对逝者的怀念。当年他与侍妾朝夕不离，出双入对，但如今佳人病逝，只留下他一人形单影只，就像那只失了伴侣的鸳鸯，孤独地浮在荷花枯残、苇叶萧索的池塘里。

一双练鹊从空中飞过，双双对舞，让茕茕孑立的白朴更加思念如"玉簪中断"的温柔侍妾。她不在，风景再美也无心留恋。故而，他收拾行囊，打算快快离开这徒惹伤心的地方。此时，却偏偏又下起雨来，细雨霏霏，如同雪上加霜。但即便天气如此糟糕，也不能将他阻挡。于是，他迎着细雨催马上路，泪水也随着雨水一并落下，打湿了身上的青衫。

本以为离开这个地方，就能摆脱伤心，谁知那城郭已经消失在视野里了，他还是没有从心灵的阴霾中走出。纵然深情未了，她也不会再出现。倘若此生再有机会，能像以前一样在闲

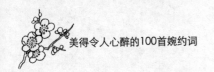

庭斗草，在幽径采香，携手同行游遍江南，该是多好。但这也终究是奢念罢了。

人间死别，重逢无期，纵使可以暂时躲在酒乡中舔舐伤口，但酒醒之后，愁意半分未消，即便他行到天涯海角，那缱绻深情不再复得的恨意，也会如影随形。

繁华落尽，尘世之苦，莫过于经历生死离别之痛。白朴这一生，苦乐相依，人间的相依之喜、相离之悲，他也都品尝到了。

卷八　多少风前月下，尽成往事

爱情像一场高烧，与这场高烧相伴而来的思念，就像是好不了的咳嗽，动辄就是撕心裂肺的牵扯，尤其深爱而又分离之后，痛苦就更是令人难挨。

是梦是醒，都让人绝望

冯延巳《鹊踏枝·几日行云何处去》

几日行云何处去？忘却归来，不道①春将暮。百草千花寒食路，香车系在谁家树？

泪眼倚楼频独语。双燕来时，陌上相逢否？撩乱春愁如柳絮，悠悠梦里无寻处。

【注释】

①不道：不知不觉地。

天上的云朵飘游不定，千变万化，如同她的郎君，行踪无凭。女子泪眼婆娑地望着这春景，心里对郎君又是思，又是怨。青丝随风拂动，她只恐青春也将随着这春风离去。

春光年年有，韶华却难再。正是寒食时节，游春男女纷至沓来，郊野必定热闹非凡。这一路上百草千花绚烂诱人，只怕他的车马，早已不知为了哪个年轻美貌的女子而停下了吧？

这样想着，不知不觉，泪水打湿了她的衣襟。女子痴痴念着，有思念，有期盼，还有怨恨。百感交集，终于化作行行泪珠。泪眼蒙眬中，她又看到天上追逐嬉戏的燕子，连它们都赶在春日将尽时回到故里，为什么心上人却一去不复返？

　　春风吹来，柳絮随风而舞，女子心里的千头万绪也像柳絮一样纷繁。她在现实中寻不到他，只好期待在梦里相会。若能梦中团圆，倒也可以一诉衷肠，聊解相思之苦，但无奈"悠悠梦里无寻处"。风吹珠帘动，室外依然柳絮飘飞，依然春光明媚，女子也依然孤身一人，原来不论是梦是醒，都那样让人绝望。

　　"不道春将暮"，这一句里包含着丰富的情感，有无奈、落寞、怅惘，还有对世人的提醒——人生本就短暂，爱情也极为难得，世人且当珍惜。爱情固然令人心醉，但造物偏爱弄人，爱越深，痛也常常越深。冯延巳的词里总萦绕着这种淡淡的宿命感，忧愁飘忽不定，朦朦胧胧。

　　她的怨也罢，念也罢，词人固然知晓，却不知她的心上人是否明白。"撩乱""悠悠"，用词何等轻巧，仿佛只是春日柳絮，实则却分量沉重，这份感情简直压得女子喘不过气来。诚然，倘若感情寡淡，又怎值得她落下那么多伤心的泪水呢？词人只轻描淡写，勾勒出的却是一份十分沉重的"闲情"。

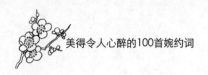

宿醉之后更加难过

李璟《应天长·一钩初月临妆镜》

一钩初月临妆镜，蝉鬓凤钗慵不整。重帘静，层楼迥，惆怅落花风不定。

柳堤芳草径，梦断辘轳①金井。昨夜更阑酒醒，春愁过却病。

【注释】

①辘轳：井上一种取水的工具。

这首词中那浓郁的春愁俨然已能浸透纸背，又似能浸透心扉。词中借女子口吻，遵循时间的轨迹，将春景在一整夜里的变化娓娓道出，惆怅落寞的情怀挥之不去，竟似有浓到化不开的愁绪。

这眉毛弯弯如月的女子，想来定有娇美容颜，但却没能将一双眼睛也笑成月牙形状。她对镜梳理妆容，只见镜中蝉翼般的鬓发已经凌乱，凤钗斜插在发髻上，看上去委实不够齐整，但她毫无心思整理，只是慵懒地坐着，任由妆残发乱。帘幕重重叠叠，楼宇曲折高深，女子深居闺中，孤寂落寞。春风袭来，落英缤纷，一地花瓣逐风而去，忽东忽西摇摆不定，一如她无法安定下来的惆怅心思。

　　她也并非每时每刻都满面愁容，至少在梦中还有短暂的快乐光景。在绿柳低垂的堤岸，在芳草茵茵的郊野小径，那个欢快跳跃的身影，正是这眉如初月的女子。可是也只有在梦里，她才能忘记平日的苦恼。就连这好梦也只有片刻，井边打水的辘轳声传来，她便瞬间被惊醒，只看到眼前落花满径，再回想起梦中绿草青青、生机勃勃的景象，更加伤心。之所以能酣睡半晌享受一枕好梦，也是在一场酣醉后才有的福气。原来昨夜她对酒当歌，以酒解愁，却没想到宿醉之后更加难过，人也恹恹如同生了一场大病，她的病不是因酒而起，而是心病，因愁而更重。

　　龙榆生在《南唐二主词叙论》中曰："中主实有无限感伤，非仅流连光景之作。"他借一女子口吻倾诉由春光春景惹出的烦恼，感慨易逝的韶华，事实上却是他对时事的感叹——李璟在位后期，国力衰退，而日益强大起来的后周成为南唐最大的威胁，在进退维谷的状况下，他心中难免涌起孤苦与惶恐的情绪。

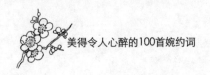

留恋之间是无限怅惘
韩琦《点绛唇·病起恹恹》

病起恹恹，画堂花谢添憔悴。乱红飘砌，滴尽胭脂泪。

惆怅前春，谁向花前醉？愁无际。武陵回睇①，人远波
空翠。

【注释】

①睇（dì）：斜着眼看。

　　闺房之内，锦绣铺陈，美人拥红披翠，发髻散乱下垂，
神态恹恹慵懒，脸上满是病容，真的是"朱颜乱，人惆怅，
鬓发垂，厌梳妆"。这人儿，究竟是害了相思之苦，还是因
情人挥袖而去才如此痛苦，不知她到底为何憔悴至如此模样。

　　彩绘的画堂前，花儿红了、谢了、落了，被风吹得纷乱。
佳人本已心绪烦乱，触此伤情之景，便平添了许多愁情，也
更显憔悴。何况落叶飘落墙边，堆砌如红浪，似滴满胭脂的
泪水，一派凄惨惹人哀。

　　那年春季，就在如今仍然深印心中的画堂前，与怀念的
那个人相约宴饮。小花园里一张小桌上，双双为赏花而醉，
为互吐心曲而醉，为将分别的离愁而醉。无情未必真豪杰，
英雄豪士对恋人的一往情深真是令人感动。且看他，"武陵
回睇，人远波空翠"，多年以后他仍然难忘旧事，时常回头

顾盼，凝想着恋人为他伤情的脸庞。武陵溪是陶渊明描述过的那一片独立于世外的桃花源的航道，晋代以后成了人们期冀避居世外的梦想去处。此时的他定是在想：在武陵溪上回首遥望，能看到的也只有翠波杳渺，时日久远，若想见到思念的那个人已是徒然。那人也许正停留在武陵溪那边的桃花源中，可以想念却不可近前，从此仙人永诀，相见再无期日。留恋之间是无限的怅惘。

北宋名将韩琦此时正处于被贬谪之中，心境萧索又逢花已老残，大半生的仕途如过眼烟云，只有当年花前月下与情人欢会的情景历历在目。思人伤情，心中迸发出柔肠百转的恋歌和统兵大将、朝堂宰相的儿女痴情，都是那样感人。

无处安放的相思之心
李冠《蝶恋花·遥夜亭皋闲信步》

春暮

遥夜①亭皋闲信步②，才过清明，渐觉伤春暮。数点雨声风约③住，朦胧淡月云来去。

桃杏依稀香暗度。谁在秋千，笑里轻轻语？一寸相思千万绪，人间没个安排处。

【注释】

①遥夜：长夜，深夜。

②信步：漫步，随意地走。

③约：约束，约住。

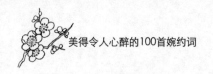

　　暮春夜色中，细雨花香里，一个男子漫步亭台，满怀清愁。南宋文人李冠笔下的这一幅画面里，蕴含着深婉动人的伤春、相思情怀。

　　夜色沉静如水，月华清凉似琥珀，还有那拂面而过的微风，莫名地搅得人心痒。就在这样一个清浅得让人着迷的夜晚，词人却辗转不寐。清明时节，园中千娇百媚，柳花正发，如果遇上淅淅沥沥的小雨，真算得上人间仙境了。然而，词人却早早就开始"伤春暮"，想必定是醉翁之意不在酒吧，哀愁并不因春暮起，而是别有隐情。

　　而词人却生怕旁人将他的惆怅看穿，故而不直言惆怅之由，而是转笔写了春夜的细雨微风、淡月轻云。点点春雨声依稀可入耳，随即便被一阵微带寒意的春风吹散了而不可闻；淡淡月光朦胧可见，却因天上浮云流来荡去而被遮住了。"数点雨声风约住，朦胧淡月云来去"，此两句词清丽而优雅，流转而自然，明末清初韵学家沈谦甚至认为"红杏枝头春意闹""云破月来风弄影"犹不及。

　　清明过后，桃李花开盛时已过，然而枝头仍依稀有点点花朵，暗自散发余香。恰恰此时，又不知哪里传来女子夜荡秋千时的轻声细语和盈盈笑声。风吹细雨声、云掩淡月貌、桃杏暗暗香、女子轻灵笑，将春夜装饰得盛大而饱满。然而，景致再美，少了一同欣赏的人，到底也会失了魅力，只衬得置身其中的人更加萧索寂然罢了。

　　词人在结尾处，终于把伤春的缘由点明，方寸之心承载了相思万种，偌大世间，竟无处安放这颗相思之心，怎不让人伤怀、怨恨？

"上半首工于写景，风收残雨，以'约住'二字状之，殊妙。雨后残云，惟映以淡月，始见其长空来往，写风景宛然。结句言寸心之愁，而宇宙虽宽，竟无容处。其愁宁有际耶？唐人诗'此心方寸地，容得许多愁'，愁之为物，可谓放之则弥六合，卷之则退藏于密，惟能手得写出之。"近人俞陛云所言正是确评。

守候下去，等待温暖春日

田为《南柯子·团玉梅梢重》

春思

团玉梅梢重，香罗芰扇低。帘风不动蝶交飞。一样绿阴庭院、锁斜晖。

对月怀歌扇，因风念舞衣。何须惆怅惜芳菲，拼却一生憔悴、待春归！

史书称田为"无行"，即他好与歌伎舞女来往，有失庄重，但他在这风月游戏中添了认真情思。这首《南柯子》即是描写他对歌女的深情思恋。

春光短暂，转眼圆如碧玉的青涩梅子已挂满枝头，初生的荷叶也渐渐长成罗扇般模样，不知不觉已是暮春时节，花褪残红青杏小。门口有许多蝴蝶飞来飞去，但珠帘却一动不动。花开花谢，燕去燕回，它都默默无闻地垂在那里，静观沧海变桑田、世事多变迁。一样的绿树成荫，还是这个庭院，

当年春光苒苒、莺莺燕燕，多么热闹，如今冷冷清清，只残留一抹落日的余晖相伴。

天色渐晚，夕阳西沉，最后一丝光亮消失在天边，庭院里暗了下来。"斜晖"也不复存在，只剩他一个人茕茕孑立的身影，依旧伫倚窗前伤春，叹天黑得太早，惜春走得太快，一切还来不及多做打量，就已经结束。

夜色浓，思念更浓。在百花争艳的春日，她曾在园中轻歌曼舞，歌声婉转动听，舞姿婀娜妩媚。却谁料终有一天春光殆尽，歌舞散场，人各一方。幸福的时光总是太轻太短，欢乐和美好像攥在掌心的沙，总会一点一滴从指缝溜掉，最后两手空空，只能独自唏嘘。

夜更深，些微的寒意袭来，打断了他对往事的追忆。再多的不舍、再多的眷恋都是无济于事，罢了，何必一直如此惆怅，这个春天过去，下一个还会到来！即使是一生憔悴痛苦，耗尽心力，也会一直守候下去，等待下一个温暖春日的到来。

"何须惆怅"，表面看起来像是在慰藉自己要豁达乐观、放下惆怅，紧接着却是一句"拚却一生憔悴、待春归"，话锋一转，才知词人还是选择了坚守，"拚却"二字语气坚决，誓言将使尽全身力气，"拚却一生憔悴"大有"衣带渐宽终不悔，为伊消得人憔悴"之势，使得最后两句读起来非常震撼人心，更加凸显了词人的执着和深情。这种矢志不渝的爱情态度，时至今日依旧非常感人。

未动情，先动心
李清照《浣溪沙·髻子伤春慵更梳》

髻子伤春慵更梳，晚风庭院落梅初。淡云来往月疏疏。
玉鸭熏炉闲瑞脑，朱樱斗帐掩流苏。通犀还解辟寒无？

很多人懂得寂寞为何物，多是从沾染了爱情开始。就连少女时期极为幸福的李清照，在朦胧的情愫面前，也生出了莫名的惆怅。但她的愁绪很轻，像春天的柳絮，不会给人压抑之感，但又令人不能忽视，因为那些毛茸茸、软绵绵的小东西，总能寻到机会飘到耳边，落入脖颈，骚动心头，一如少女青涩的懵懂。

"髻子伤春慵更梳"，少女十五岁后要行及笄之礼，梳髻发。明明是因为心有牵挂才懒得梳洗打扮，却要把这慵懒的源头怪到"伤春"上，这是少女耍赖式的狡黠，灵动可爱，让人想要无奈地叹息，又忍不住翘起嘴角。

院子里，晚风吹得落梅簌簌，夜空中云来月往，室内瑞脑生香，缭绕着流苏垂掩映的红樱斗帐。夜凉如水，心如夜凉。景是落寞的，情是疏淡的，首句中的"懒"字是行动慵懒，更是心静寂寥。由近及远、由人及物、情景相应，这是她作为词人细细打磨而成的技巧；如泣如诉、如怨如慕，这是她作为女子对自己敏感心思的描摹。

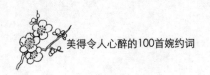

词中没有太多伤感，却也难以掩饰人物的孤单和寂寞。这首词不像故事有包袱可抖，只有淡淡的情绪弥散其间，让人看得到却猜不透。

或许，只是感受到了心灵的悸动，却不知道这种烦恼和躁动从何而来，又要如何消解，这时的李清照，不懂爱情，却遇到了爱情。

未动情，先动心。心无处安放，就生成了寂寞。

尝过爱情滋味的人才会有上天堂下地狱般大起大伏的喜悲，但这时的易安还不懂爱情。她的愁是淡淡的，却不浮浅。就像美酒不一定浓烈，好茶不一定味苦，越是来自肺腑的情感，表达出来就越易归于平淡。

愿曲终时，已学会释怀

朱淑真《谒金门·春已半》

春半

春已半，触目此情无限。十二阑干闲倚遍，愁来天不管。

好是风和日暖，输与莺莺燕燕。满院落花帘不卷，断肠芳草远。

朱淑真，好似宋代的一朵情花，读她的词就像在喝一杯深情迷醉的红酒，珍藏了上千年，一启封，一入口，便醉了。情花纵然迷人，然而还未等世人赏够、品够，她便携着千愁万绪，幽幽感伤，香消玉殒。后人只能一遍遍翻开她的词卷，品味她内心的寂静与热闹。

陈霆《渚山堂词话》卷二云："朱淑真才色冠一时，然所适非偶，故形之篇章，往往多怨恨之句。"这首《谒金门》便将词人幽居时的忧愁怨嗟、孤寂落寞渲染得毫发毕现。

敏感的女子总是小心翼翼地捕捉与心灵色彩相似的风景，春日还未停留多久，繁花便簌簌凋零，这不由得词人不伤感。细细念想，自己又何尝不是这般呢？与倾心之人无法携手，只得分隔在河的两岸，两两对望。

纵然将十二栏杆都倚遍，仍是无枝可栖、无处可去、无人可伴，这世间的寂寞与哀愁，她都得一个人品尝，一个人承担。天，本无知觉，无关痛痒，不管人事，而词人却怨恨"天不管"。伤心至极，绝望也就成了唯一的姿态。

当爱成了她的信仰，失去或者不得时，痴情如她，固执如她，便只好典当所有的春天与锦瑟华年，将自己的一颗玲珑心泡得比莲还苦。本是百花争艳，百鸟争鸣，佳偶踏青的春天，词人却因"输与莺莺燕燕"惆怅不已。莺莺成

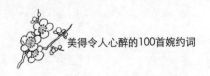

双结对，燕燕相依相伴，而正当花样年华的她却单身只影，形影相吊，这怎不让纤细敏感的词人伤怀？

开到荼蘼花事了，绵绵无期的思念也就成了这一场爱情里最恰当也最凄凉的注脚。落红满径，在风的吹拂中好似一场杏花雨，平日里喜欢簪花的词人，此时也懒得卷起帷帘，将其一一捡起。所谓朝花夕拾，捡起的尽是枯萎，又何必让自己伤心呢。相思不得相聚，相忆不得相守，任凭她肝肠寸断，终究是无济于事。

人间几度春秋，花开花落，最后都会成为戏文里的章节。相思也好，幽怨也罢，她与他的故事终究要落幕，愿这一折曲终时，她已经学会释怀与遗忘。

世间从不存在永恒
辛弃疾《摸鱼儿·更能消、几番风雨》

淳熙已亥，自湖北漕移湖南，同官王正之置酒小山亭，为赋。

更能消、几番风雨？匆匆春又归去。惜春长怕花开早，何况落红无数。春且住。见说道、天涯芳草无归路。怨春不语。算只有殷勤，画檐蛛网，尽日惹飞絮。

长门事，准拟佳期又误。蛾眉曾有人妒。千金纵买相如赋，脉脉此情谁诉？君莫舞，君不见、玉环飞燕皆尘土！闲愁最苦。休去倚危栏，斜阳正在，烟柳断肠处。

无法阻滞的是流水，无法留住的是时光。阳光在花瓣上随风翻滚的明媚春日已然逝去，暮春之时，曾经姹紫嫣红的满园春色如今已禁不起再来几番风雨，如锦缎般温润的岁月终究是要逝去。年岁渐长，节序交替时便愈发敏感，惆怅也就来得更为沉重。

最喜花开之人，也最怕花落。看见花开，便仿若窥见美人辇轻笑浅；看见花落，便仿若点点滴滴都是离人泪。爱春到深处，甚至痴痴期许花儿能晚些开放，以便在这世间能多停留几日。

芳草萋萋遍布海角天涯时，辛弃疾心中满是欢愉，既然

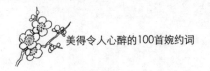

道路被阻塞，春天也就无处可去。只可惜，辛弃疾百般挽留，缄默的春天仍旧悄悄归离。纵然他无可奈何，却也是无计可施。倒是那画檐上的蜘蛛，整日抽丝结网，尽力粘住飞飞扬扬的柳絮，让它作为春天曾经来过的痕迹。

世间从不存在永恒，转瞬便是千万年，曾经是天子也好，是庶人也罢；受尽恩宠也好，遭遇冷落也罢，都将成为卷帙浩繁的史书里的零星痕迹。汉时的陈阿娇与唐时的杨玉环，均享尽宠爱与荣华，最终不也是被一抔尘土掩埋？

古人心有郁结，往往登高以望远，极目而远眺，而辛弃疾此时却说"休去倚危栏"。落日苍茫，余晖脉脉，照在被氤氲雾霭笼罩的杨柳上，远远望去，只会徒增感伤。这一番迷蒙之景，恰恰是南宋朝廷日薄西山、前途暗淡的影射。自然界的春日已是绿肥红瘦，阑珊一片，时代也是渐趋衰亡，这不由得辛弃疾不销魂断肠。

他的归期是她的节日

辛弃疾《祝英台近·宝钗分》

晚春

宝钗分，桃叶渡，烟柳暗南浦。怕上层楼，十日九风雨。断肠片片飞红，都无人管，更谁劝啼莺声住？

鬓边觑。试把花卜心期，才簪又重数。罗帐灯昏，哽咽梦中语：是他春带愁来，春归何处？却不解带将愁去。

桃叶渡位于秦淮河与青溪合流处，河舫竞立，灯船箫鼓。每至春日时节，桃花漫山遍野，姹紫嫣红。因秦淮河宽阔，如遇风浪，摆渡不慎，往往会船翻人溺，于是，东晋时王献之常来此地迎接他的爱妾渡河。

他人相会之地，如今竟成两人分别之所，也着实让人心酸。纵然他走时把分钗交到了她手中，说是见物如会面，而这旧时光的见证，反倒一再让她记起离散时阜头烟柳迷蒙，他们都哭红了眼睛。

他走了，连并把春日也带走。在横雨狂风中，无可奈何繁花簌簌落下，片片落红纷飞，在她心头陡然割开一道无法愈合的伤口。没人能管得住枝头花瓣，更没有谁能劝止莺啼的声音，春日终究是留不住的。

孤独要用孤独填充，思念也要用思念作陪。她坐在梳妆

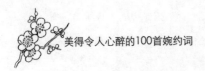

台前，觑见鬓边的花，竟然萌生了数花瓣卜归期的想法。认真地数过每一片花瓣后，把花重新戴到头上，很快又拔下来，再重新数一遍。反反复复之后，她依旧没有卜到他的归期，跌宕起伏的情愫，空耗了她的一腔痴情。

折腾了一番，她渐渐在一盏忽明忽暗的青灯中睡去。冰凉的被衾，终究没有捂热她的梦，现实中不忍道出的怨与恨，在梦中找到了出口。春愁本是随着春天而来，为何不肯再随春日而去。他的名字是她的心事，他的归期是她的节日，时时念起他的名字，却不见他回来，春愁何尝不是因他而起。

辛弃疾作词凡是涉及女子惜春怀人时，虽不比女儿家笔下的春情细腻、敏感，但经过认真的揣测和仔细的打扮，到底将这一腔缠绵悱恻之情，写得妩媚风流、情意百转。从南浦赠别、怨春归去，到花卜归期、哽咽梦呓，一波三折，新意迭出，越转越绮丽，越转越缠绵。层层推进中，全词无一"怨"字，却字字含"怨"。

悠悠无根，落寞万分

葛长庚《水调歌头·江上春山远》

江上春山远，山下暮云长。相留相送，时见双燕语风樯。满目飞花万点，回首故人千里，把酒沃愁肠。回雁峰前路，烟树正苍苍。

漏声残，灯焰短，马蹄香。浮云飞絮，一身将影向潇湘。多少风前月下，逦逦天涯海角，魂梦亦凄凉。又是春将暮，无语对斜阳。

顺着烟波浩渺的江流极目望去，青山连绵不断，无尽杳渺悠远。已是黄昏暗淡时分，棉絮般的云朵抹满了远天，越显苍茫无际。江水、山峦、暮云，这幅苍凉的画卷里卓立着一袭孤影。画中人黯然神伤，只因离别在即。此时燕子双双飞来对人唧唧作语，似乎也在挽留行人。

乘坐的船渐行渐远，飞花万点落入眼帘。忍不住回头望去，只不过须臾，却已离开千里。自己独身上路，不禁黯然神伤，想端起酒杯来借酒消愁，却恐举杯消愁愁更愁。

他设想着来日一定要去洞庭之南。那里有衡山脉上的回雁峰，北雁南来至此越冬，来年春暖即能回归。但那里烟树苍苍，渺茫难测，自己不可能像大雁一样到期还乡。旅途生涯不免孤独，只身漂泊充满悲凉，词人对此早有无数的体验。

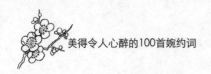

而这次，他心中预想，将来夜间投宿时听到的都该是衰残的漏声，无眠时眼望的都是将熄的油灯，行程急促时会来不及消去昨日的疲惫。

这样一径思来想去，越发觉得羁旅生活孤独、凄冷和艰辛，未来的旅程更是无奈，却又不能回头，只能"一身将影向潇湘"。细想词人只身漂泊天涯，正如那浮云和飞絮一样悠悠无根，如孤鸿的影子落寞万分。

忆往昔，与友人相聚，多少清风明月、花前篱下的快乐场面浮现眼前，对比之下，今日却天涯海角，孤独无依，就连旅途中的梦，也必会是一片凄凉与孤独，心中愁绪更与何人说。当别离的愁绪重结衍化成悲情时，他便只好孤独地"无语对斜阳"，将所有的情思全部凝聚在那深沉的眼神里。

南宋词人葛长庚著有《玉蟾诗余》，词存一百三十五首，意极缠绵，语极俊爽。在这首思念友人的佳作中，"双燕""飞花""烟树""飞絮"等，皆是明澈语，婉约中见清丽。

他就是她全部的世界

金庄《清平乐·凄凉晚色》

凄凉晚色，丝雨和愁织。梦到楚江行不得，一片湿云空隔。

年时曾忆城东，杏花点点飞红。门外凭他寒食，玉阑自有春风。

爱情像一场高烧，与这场高烧相伴而来的思念，就像是好不了的咳嗽，动辄就是撕心裂肺的牵扯，尤其深爱而又分离之后，痛苦就更是令人难挨。

这便是一个痛苦的思人之夜。四周宁谧，月色撩人，床榻上熟睡的女子微微翘起嘴角，想必是做了好梦。在梦里，她和心上人一同去杏林赏花，谈笑晏晏，你侬我侬。说话间，他们便到了楚江边上。少女向那楚江望去，只见江水滔滔，奔流不息，不远处的天边，一片片仿佛蓄满了雨水的云正缓缓地飘来。

待女子从睡梦中醒来，方才知晓这只是一场梦而已。梦虽是假的，但那份伤心和那冰凉的泪水却是真的，被枕已被浸湿，一如她那颗冰凉且湿冷的心。再也无法安然入睡，她索性披衣起身，走到窗前，一推开窗户，凉飕飕的晚风就灌了进来。夜色清冷，雨丝淅淅沥沥，隔着窗打上了女子的衣襟。她的愁闷，也混杂在这雨丝中，像是要织成一张密不透风的

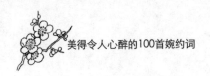
网，把天地和女子的心都牢牢地网罗其中。

在梦还未淡去时，她又陷入了回忆。那时正值寒食节令，风雨颇多，天气晦暗阴霾。但是，那些被爱围绕的人们，不管怎样的风吹雨打，怎样的阴冷潮湿，因为有心爱的人作陪，就觉置身明媚春光里。当她全身心扑在爱人身上时，似乎天地只为这一人晦晴，日月只为这一人升落。他就是她全部的世界。

然而世间有太多的无奈，残酷的现实往往将世间那些纯真的情意摧毁。也不知这女子后来又经历了怎样的遭遇，终究还是陷入了情伤。现实将美好毁灭，也更加让人感叹纯真的爱情最是珍贵。

多数词人，提笔写往事的美好，落笔写现实的苦楚与相思，而这首词的作者金庄则先写现实的苦涩，后写往事的迷醉，让余韵停留于温暖的回忆中。这位女词人，并非在借词呻吟，而是为了歌颂那超越一切的爱，赞美那天真烂漫、忘乎所以的情。

她永远留在了青春年华里
叶小鸾《踏莎行·昨夜疏风》

闺情

昨夜疏风，今朝细雨，做成满地和烟絮。花开若使不须春，年年何必春来住？

楼外莺飞，帘前燕乳，东君漫把韶光与。未知春去已多时，向人犹作愁春语。

叶小鸾是才女沈宜修的女儿，因受到家庭的影响，也能填词写诗，享有才名。这首《踏莎行》便是叶小鸾的代表作，其伤春惜花的笔调，倒有几分易安词的韵味。她在词中感叹春天易逝，而她的命运也确实如枝头的花朵一样，青春时绽放得绚烂，却也十分短暂——年仅十七岁就撒手人寰，未嫁而终。

那一晚，叶小鸾听了一整夜的风声，零星睡意似乎尽数被那东风吹散了。她惦念着那一院子的桃花，希望别让那不知惜花的东风给摧残了。好不容易挨到了清晨，她忙起身去推开窗户，只见窗外烟雨蒙蒙，满地落花堆积，还有再也不能随风飘荡的柳絮，狼狈不堪。小鸾不禁想到，若是花的开放不需要春天的帮助，春天又何必年年如期到来呢？既然春天的意义就是为了让花朵绽放，又为何残忍离去，让花朵凋

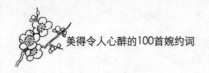

零在风雨里，只余残骸？

正当她独自伤神之际，又听得楼外黄莺、乳燕啾啾的叫声。循声望去，只见几只乳燕正展翅欲飞。时间过得可真是快，燕子们才从南方回来不久，便已经搭窝筑巢，孕育了新燕。望着那满地落花，望着檐边燕子，望着那柳枝上欢唱的黄莺，小鸾才猛然回过神来："原来春天早已经过去了，我还在这里反复诉说着春逝的悲伤。"

只盼着时光能够流逝得再慢一些，小鸾在内心百般祈求，却只有无力感。她何尝不知道，她在伤春惜花，更是在伤感时光流逝之快。四季周而复始，花落还会再开，好景还会重来，遗憾毕竟还有机会来弥补，但是青春一旦离去，就再也不会回来。每每想到这些，她心中就难免酸楚，不敢再继续想下去。

可叹这样一个聪颖而细腻的女孩，不仅没能得到上天的垂怜，反而在十七岁的芳龄就夭折了。她永远停留在了十七岁，似乎永远都留在了青春年华里，连时光也再不能改变她的青春。

卷九　无怨无悔，走尽天涯路

　　历经了岁月沧桑后，才发觉人已散去，欢愉也散去，唯有那一轮月仍在身边，辉映过昔日欢乐，也照耀着今日痛苦，年年岁岁，岁岁年年，无言地洒下银白月光。

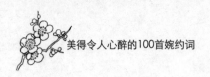
岁月无法回到从前

赵长卿《阮郎归·年年为客遍天涯》

客中见梅

年年为客遍天涯。梦迟归路赊。无端星月浸窗纱。一枝寒影斜。

肠未断，鬓先华。新来瘦转加。角声吹彻《小梅花》。夜长人忆家。

南宋词人赵长卿词风婉约，"文词通俗，善抒情爱"。这首《阮郎归》是其代表作品。

一只书箱，一张古琴，青衫破旧，风尘满面，羁劳憔悴的游子，浪迹四海天涯，却如何也泯灭不了他心中长存的一缕思家情怀。年复一年，日复一日，游子离家时日已经太久，路途已经太遥远，家乡的影像也已渐渐淡去。忽然这一夜，他梦见了久违的家，故居房舍依旧，亲人的样貌可亲。但是梦断惊醒时心神恍惚，想不起来回家的路在哪里。

思家的情绪涌上心头，辗转反侧再难成寐。透过窗纱遥望夜色，星斗满天，凉月如水，一枝寒影出现在月光下，他眼神迷离，朦胧辨认，那大概是一株老梅吧，随风摇曳，歪歪斜斜地映立窗前，显得那样的软弱难支和孤独无依。他的心有些彷徨，月下老梅与自己孤独凄凉的处境何其相似。

　　茫然求索的时日太久，心力交瘁以致满头白发，身体一天比一天衰弱，岁月无法回到从前，孤灯昏黄中的他禁不住扼腕慨叹"肠未断，鬓先华"。他的人已近碎心欲绝的地步，心已失望悲伤到了极点。身子行将老去，流浪的生涯却仍没有完结，他还要在这种风雨飘摇的悲情苦旅中漫度，沉重的羁缚依旧不能被摆脱。此时的他，欲哭无泪、欲语难言，只余下万般无奈的掩气悲叹。

　　古有《大梅花》《小梅花》的笛曲，据说吹曲的时候，梅花瓣会掉落不止，传递出落寞神伤的情绪。此时，报晨的角声响起，游子的心神恍惚——角声仿佛是《小梅花》笛曲，声音时而低落，时而悠扬，时而幽咽凄怆，时而如泣如诉。他的心中，梅花定是被笛声吹得如红雨一样洋洋洒洒而落，也许窗前那株瘦骨嶙峋的老梅在笛声中哭得最为悲伤。

　　东方已露晨曦，无眠的夜将尽，游子那凄雨残花般的落寞和伤痛仍然未了，对着孤影残灯，他长吁一声"夜长人忆家"。余音绕梁，久久不去。

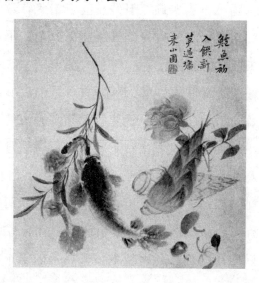

人已散去，欢愉也散去

宋琬《蝶恋花·月去疏帘才数尺》

旅月怀人

月去疏帘才数尺，乌鹊惊飞，一片伤心白。万里故人关塞隔，南楼谁弄梅花笛？

蟋蟀灯前欺病客，清影徘徊，欲睡何由得？墙角芭蕉风瑟瑟，亏伊遮掩窗儿黑。

那些存在于诗词曲赋中的月亮，是绰约妩媚的，也是哀怨惆怅的；是凄冷悲凉的，也是豁达超脱的。在不同的文人笔下，明月各具姿态。清代文人宋琬的《蝶恋花》，以明月触发情思，主题虽不算新颖，但妙在能于错落有致的语言中营造出动人的氛围，让人有身临其境之感，不知不觉便随作者一起沉浸在那无边的月色中。

那晚的月亮圆而明亮，以至于看上去"月去疏帘才数尺"。词人坐在帘幕之后，仿佛伸手就能触摸到那天上的玉盘。窗外乌鹊四起，一阵聒噪声后又归于寂静，银白的月光洒遍大地，勾起了人的无限心事。

半生坎坷的漂泊经历让人不忍回首，他历经两次入狱，之后又长期流寓他乡，就如同那惊飞而去的乌鹊，彷徨挣扎，却找不到可以停靠的地方。南楼上传来悠扬的笛声，衬得这夜色更加凄惶。他孤身漂泊在江南，与故人相隔千万里，纵然有知心情意也无法传递。

夜不能眠，难免会埋怨"蟋蟀灯前欺病客"。既然辗转反侧，不如披衣起身，但浓浓暮色中他也无事可做，只好无聊踱步，打发时间。残灯一盏，映照着那徘徊的"清影"，他再想入睡就更难了，心中翻涌的愁思将睡意彻底驱散。

窗外寒风瑟瑟，吹动着墙角的芭蕉。幸亏芭蕉那宽大的叶子遮住了半扇窗子，挡住了窗外那"一片伤心白"，以免他见月更加伤心。《二乡亭词》评论这两句道："感得芭蕉遮掩，为'一片伤心白'故也，细不可言。"那月光落在他人眼中，或许是千里共婵娟的圆满幸福，但对他而言，只会触动更多悲愁罢了。

历经了岁月沧桑后，才发觉人已散去，欢愉也散去，唯有那一轮月仍在身边，辉映过昔日欢乐，也照耀着今日痛苦，年年岁岁，岁岁年年，无言地洒下银白月光。

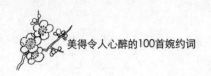

一叶扁舟该停留在何处

徐昌图《临江仙·饮散离亭西去》

　　饮散离亭西去，浮生常恨飘蓬。回头烟柳渐重重。淡云孤雁远，寒日暮天红。

　　今夜画船何处？潮平淮月朦胧。酒醒人静奈愁浓。残灯孤枕梦，轻浪五更风。

　　跋涉在羁旅之中，走走停停，不知与多少人相逢，也不知和多少人离散，谁能记得那残阳似血柳如烟的黄昏，谁又能记得在离亭上洒落的点点泪痕？

　　"饮散离亭西去，浮生常恨飘蓬。"徐昌图举起酒杯饮罢践行的酒，即将踏上漫漫的西行古道。酒入愁肠，感慨油然而生。这纷繁乱世中的人就如同蓬草，蓬草无根，如人无家，随风而去，随水而流，这种漂泊无依的绝望、无奈和不甘，又怎能不让人心生怨怼和恨意，只是不知是应该恨命运无常，还是应该恨人世无情。

　　不知不觉，他已经离开很远，出发之地越来越小，渐渐地就要消失在视野里了。回头望去，身后是重重烟柳，泪眼婆娑的他竟然一时没有分清那是柳条还是云烟。抬头远望，天高云卷，暮色低垂，一只孤雁在天际徘徊，落寞无助的身影就像此时的他。晚霞如血，离愁别恨压满心头，在这沉沉暮色里，只感觉寒意阵阵袭来，他心中更觉凄凉悲苦。

　　江南水阔，碧水沉烟，天地苍茫如此，词人却不知道自己的一叶扁舟该停留在何处。前路渺茫，他只能将自己的心寄托在宁静的山光水色里，寄托在皎洁的明月上。

　　他一次次踏上旅程，却始终不知归宿在何处，未来在何方。于是他不由得感叹，人生如梦，自己不过是这纷繁世事中的过客。这一生，逃不过生死之难，也逃不过离别之苦。倘若世事太平，或许也可以少经历些分离，可是无奈他偏偏生逢乱世，国家都已经沦丧衰亡，他又怎逃得过羁旅漂泊！

　　词可言情，亦可言心。徐昌图生活在唐宋易代之际，江山易主、社会离乱，漂泊在这样的时代，历经坎坷、饱经风霜的词人也只能借着手中的一支笔来抒发心中感触，而这一阕《临江仙》，不仅是他飘零一生的写照，更是他的人生态度——人生如逆旅，无处可以永久停留。

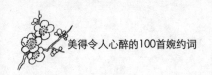

羁旅深愁，强颜欢笑

宋褧《菩萨蛮·西风落日丹阳道》

丹阳^①道中

西风落日丹阳道，竹岗松阪相环抱。何处最多情？练湖^②秋水明。

驿城那惮远？佳句初开卷。寒雁任相呼，羁愁一点无^③。

【注释】

①丹阳：今属江苏镇江。

②练湖：又名练塘，在丹阳，幅员近四十里。

③无：用在疑问句的句末，表示选择疑问。

元代文人宋褧工诗，所著《燕石集》被评为"精深幽丽"，其词传世不多，这首有关羁旅的《菩萨蛮》清新飘逸，且又掺杂了淡淡的哀愁。

飒飒西风，暑去秋来，寒凉袭身。太阳快要落山，晚霞和着愁云洒满天际，增添了几多凄凉。丹阳城外的古道上，头戴纶巾的书生骑着一匹病马疲惫地行走，人和马的影子在落日的斜照下显得修长而诡谲。

石岗土坡重叠交错，上面长满乱竹杂草和筋络虬结的苍松。相互环抱的山峦在傍晚时分遮挡住夕阳的余晖，必然是黑黢黢的，上面又布满乱竹和虬松，想来也有几分瘆人。

一番寒风落日衰岗嵝坡过后，一片碧水出现在游子的眼前。丹阳的练湖，由高骊山、长山八十四脉下泻的水流汇成，湖面水碧雾缈，到了秋季，湖水澄明如画。天空云浓，练湖水清，游子心忧，但练湖的水多情，要用清水洗去游子的一身风尘，又要用优美的景致抚慰游子那暗淡的心绪。游子的心在如多情美女一般的练湖的慰藉下，能否让词人真的忘忧呢？其实忘却羁旅之忧何其容易，恐怕是暂且自慰聊以宽怀，抑或是自作多情、自我麻醉罢了。

驿城古时是豫南的门户，地理位置十分重要，一向是兵家争夺之地。游子此行目的地就是遥远的驿城，他要去那里从军还是游历却不得而知。然而，既然此地有明丽柔美的练湖，那就撇开前途的劳苦和凶险，打起精神，展开纸卷，寻觅佳句，把这里的美景细细描绘。至于驿城就搁置一旁，无须顾忌它有多么遥远。游子于羁旅深愁之时竟要寻词觅句、赏玩佳景，无疑是在强颜欢笑。

古诗词中，大雁常寄托着文人的某种情怀，被当作旅愁的触媒。"寒雁任相呼，羁愁一点无"，大雁南飞勾起词人对家的回思和对旅程的畏怯，全词归结在了一个"愁"字上。实质上，羁旅之苦，一个"愁"字又怎了得。

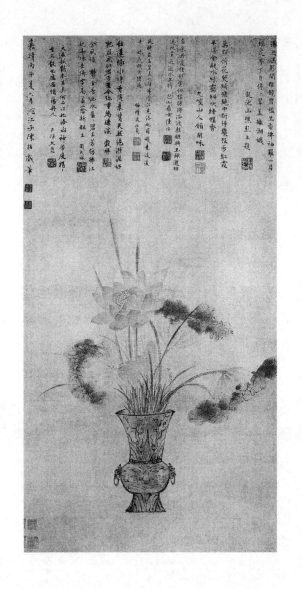

壶里杯中，都是自酿的苦酒
李煜《乌夜啼·昨夜风兼雨》

　　昨夜风兼雨，帘帏飒飒秋声。烛残漏断频欹枕，起坐不能平。

　　世事漫随流水，算来梦里浮生。醉乡路稳宜频到，此外不堪行。

　　南唐国破后，李煜作为战败者，随凯旋的宋军到了汴京。在偌大的汴京城里，他夜夜辗转难眠。此时他再也无法若无其事地做个富贵闲人，只能任由悔恨如毒虫般啃噬自己的神经。

　　又一个夜晚，窗外风雨大作，凛冽寒气与飒飒秋声透过帘帏逼入室内，人在内室深处，犹觉遍体生寒。若有亲朋相伴，被秋意牵扯出的伤感或许还能消减几分。但他形单影只，只有孤灯映出茕茕孑立的身影，又有残漏声声如泣。

　　夜半不眠，看着烛火舞动跳跃，而烛身却渐被耗光，水从漏中滴落，滴滴答答，仿佛光阴成了骑马前行的少年，马蹄卷起沙尘，待散去时，却见孟浪少年已鬓染白霜。

　　白日的喧嚣与浮华被深沉的夜色搁浅，人也随之慢慢沉淀，这时最易听到自己的心声。悔恨涌上来，在胸腔里翻卷回荡、不眠不休，人也变得格外脆弱。从人间奢华处被抛落到这座北方囚笼，其间多少悔、几多恨，怕是连李煜自己都

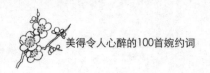

说不清。往事是梦魇，今朝是囚笼，他逃无可逃，坐立不安。昏黄的烛光里，瘦削的剪影映在窗纸上，又被窗外雨水浸湿，仿佛苍天伴他一同吞声饮泣。

　　雨冷风凄、烛残漏断，纵然想强颜欢笑，也做不到了。他不由得感慨，真是命运沉浮难定，人生不过一场梦。但懦弱的词人没有采取任何刚烈的手段来反抗，他的解脱方式，就是饮酒，饮到大醉，归了醉乡。醉乡路途平坦，民风淳朴，最能带给他抚慰，难怪他会说"醉乡路稳宜频到"。可是，一句"此处不堪行"又把人从幻想拉回残酷的现实，渲染出更深的绝望。靠饮酒才能度过漫漫长夜，已十分可怜，而那片醉乡，竟也不是轻易就能抵达的，更是可悲。

　　或许，他已经意识到，壶里杯中，都是自酿的苦酒。

念家国，镜中白发添多少

刘基《水龙吟·鸡鸣风雨潇潇》

鸡鸣风雨潇潇，侧身天地无刘表。啼鹃进泪，落花飘恨，断魂飞绕。月暗云霄，星沉烟水，角声清袅。问登楼王粲，镜中白发，今宵，又添多少？

极目乡关何处？渺青山、髻螺低小。几回好梦，随风归去，被渠遮了。宝瑟弦僵，玉笙指冷，冥鸿天杪。但侵阶莎草，满庭绿树，不知昏晓。

潇潇风雨又至，鸡鸣不已。天气阴暗，愁云惨淡，最易惹人愁思。杜鹃啼血，眼泪迸溅；落花纷飞，空留遗恨。那些为国捐躯的冤魂，何时才能飞回故里？无关的风景在他眼里都生出了宿命的悲伤，就连日月星辰也失了光彩。

冷寂的黑暗中，只听闻军营中传来阵阵的号角声，清冷幽怨，如同哽咽。试问当初书写《登楼赋》的王粲是否也如他此时心境，因怀才不遇，于是望天地无色？此生想要施展才智抱负，谈何容易。叹年华易逝，明朝对镜，不知这一夜又添多少白发。

连绵不绝的青山如髻螺般横亘千里，一重又一重，直到视野尽头，消失天边，又如何望得见家乡？多少次在梦中，魂魄随风归向故里，却被这无数的山峰阻挡难行，连梦里都不能如愿。欲使宝瑟奏一曲哀思，但因久不弹奏，弦已僵硬；

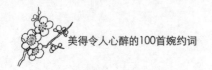

将执玉笙吹一段忧伤，却是指冷难以成调；写下满纸相思言，鸿雁却远在天边无法传书。如今看得到、触得到的，只有满园四处丛生的莎草和遮天蔽日的绿树，阻隔了阳光天色，使人晨昏难辨，就像这失意的人生，看不到一丝希望。

此词作于刘基遇见朱元璋开创一番霸业之前。起句"鸡鸣风雨潇潇"即暗示出飘摇昏暗的社会，居于此间的作者将各种"迸泪""飘恨""断魂""暗""沉""僵""冷"的情感蕴藉在一连串密集的意象中，形象而生动地罗列出复杂难抒的情绪；借"刘表"和"王粲"点出了这些情绪的缘起：报国无门，怀才不遇，英雄气短；再多苦闷，再多纠结，最后还是"不知昏晓"，社会动荡不安，人心难测，前路茫茫，谁人能料？

作为一个通晓天文、地理、兵法、谋略的博学者，刘基以其卓越的军事才能和政治作为而闻名青史，他是明王朝的开国功臣，同时，他在文学上的建树亦不容小觑。陈廷焯评价道："伯温词秀炼入神，永乐以后诸家远不能及。"

天涯虽远，家在心间
纳兰性德《长相思·山一程》

山一程，水一程。身向榆关①那畔行，夜深千帐灯。
风一更，雪一更。聒②碎乡心梦不成，故园无此声。

【注释】

①榆关：山海关，在今河北秦皇岛，古称渝关、临榆关、临渝关，明改为今名，其地古有渝水，县与关都以水得名。

②聒：吵闹之声。

从家乡到塞上，山水漫长，路途遥远，这"山一程，水一程"的漫长旅途，仿佛是亲人一程又一程地送别过来的，因眷恋深深，所以即便分别之后，他看山看水，仿佛都能看到至亲之人的身影萦绕在山光水色里。

风华正茂的词人，出身书香豪门，又是皇帝的贴身侍卫，可谓身居高位，本应春风得意，尽情享受，但也正是这重要的身份，使得他远离故土。学者严迪昌在《清词史》里说："'夜深千帐灯'是壮丽的，但千帐灯下照着无眠的万颗乡心，又是怎样情味？一暖一寒，两相对照，写尽了自己厌于扈从的情怀。"

夜深人静的时候，最易触发思乡的情怀，何况又逢塞上"风一更，雪一更"的苦寒天气。风雪交加的苦寒夜色里，若有

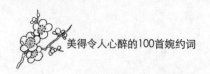

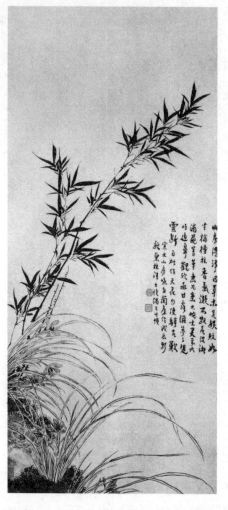

至亲之人与自己相偎取暖，再严酷的环境下也能品味出一丝丝幸福的滋味。可是，眼下他在塞外宿营，夜深人静，风雪弥漫，这壮丽无人共赏，这苦寒亦无人分担，心境难免低落。路途遥远，衷肠难诉，他辗转反侧，难以成眠，于是写下"聒碎乡心梦不成"的慧心妙语，可谓水到渠成。

他护驾赴辽东巡视，随行的千军万马一路跋山涉水，向山海关进发。入夜，营帐中灯火辉煌、宏伟壮丽。夜已深，帐篷外风雪交加，阵阵风雪声搅得人无法入睡，使他不由得生出怨恼："家乡断然不会如此吵闹！"此处"故园无此声"看似无理实则有理：故园自然也有风雪，但同样的寒霄风雪之声，在家中听与在异乡听，感受大不相同。在故园，无论寒风如何呼啸，有亲人相伴，终归是温暖的；如今身处异地，风声也显得聒噪了，雪花也显得凌乱了。

这首词韵律优美，民歌风味浓郁，如出水芙蓉般纯真清丽；又有含蓄深沉、感情丰富的一面，如夜来风潮回荡激烈。

人去楼空之时，世事无情

陈子龙《山花子·杨柳迷离晓雾中》

春恨

杨柳迷离晓雾中，杏花零落五更钟。寂寞景阳宫外月，
照残红。

蝶化彩衣金缕尽，虫衔画粉玉楼空。惟有无情双燕子，
舞东风。

春末的清晨，烟雾迷离，词人的视线也变得模糊，只是
依稀见得杨柳在风中摇曳。一切好像还未从梦中清醒过来。
这迷离的景象让词人也有几分模糊，将他唤醒的，是那五更
的钟声。循声望去，只见杏树枝头的红花已所剩无几，点点
杏花无精打采地飘零而下，满地残红。看来，春日也为时不
久了。

天刚蒙蒙亮，半个月亮还隐约悬挂在天边，用那微弱的
光芒送风中飘落的残红最后一段路程。南朝陈的景阳宫，昔
日多么风光华丽，如今也落得寂寞凄清。

道士葛洪成仙之时，从身上脱落的衣服化作彩蝶翩翩飞
舞。这昔日繁华一时的景阳宫中，不知有多少彩衣金缕都幻
化作彩蝶，相依相伴逐天涯而去了，只留下琼楼玉宇，默默
地承受风雨与蠹虫的侵蚀。精致的雕梁画栋，都在风雨的冲
蚀下化作一抔粉尘，随风飘散。繁华落下帷幕，只剩下这一

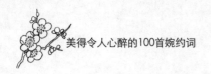

片残破的废墟，提醒着那些健忘的人们：一个朝代的覆灭，其实并不需要太长时间。

世事就是如此变幻莫测，曾经的陈后主也是一朝天子、九五之尊，但仍落得个和嫔妃一同在井下避难的境地。待人去楼空之时，就连那燕子也变得无情，只顾着和东风共舞，哪里还记得它们也曾在这屋檐下躲风避雨。

这首词的作者陈子龙生活在明末清初之际。作为一个文学家，生逢朝代更替，必然少不了国仇家恨，便常常以笔带枪，将自己的爱与恨都寄托在笔墨纸砚之间。他的词虽风格绮靡，却有一股凄清韵味。陈廷焯曾言："陈子龙之词是'以浓艳之笔，传凄婉之神'。"他的这首词，字字皆景，又句句含情，虽题为"春恨"，但他真正痛恨的又哪里是春呢。他恨的，实是那即将覆灭的大明王朝啊！

人间到处是悲恨

李雯《风流子·谁教春去也》

送春

谁教春去也？人间恨、何处问斜阳？见花褪残红，莺捎浓绿，思量往事，尘海茫茫。芳心谢，锦梭停旧织，麝月懒新妆。杜宇①数声，觉余惊梦；碧阑三尺，空倚愁肠。

东君②抛人易，回头处、犹是昔日池塘。留下长杨紫陌，付与谁行？想《折柳》声中，吹来不尽；落花影里，舞去还香。难把一樽轻送，多少暄凉③。

【注释】

①杜宇：杜鹃鸟的别称。

②东君：春神。

③暄凉：暖和与寒冷。此处指炎凉。暄，温暖。

李雯与陈子龙、宋征舆齐名，并称"云间三子"。清军入关时，李雯刚好在京城，当时清官中有人欣赏他的才华，便授予他内阁中书舍人一职。不得已而投降，这让他内心一直充满惭愧和愧悔之情。

这一首"送春"词，并非真正为送春而作，他在送别的，既是那已经不复存在的大明政权，也是自己在投降那一刻就已经丧失的节操。

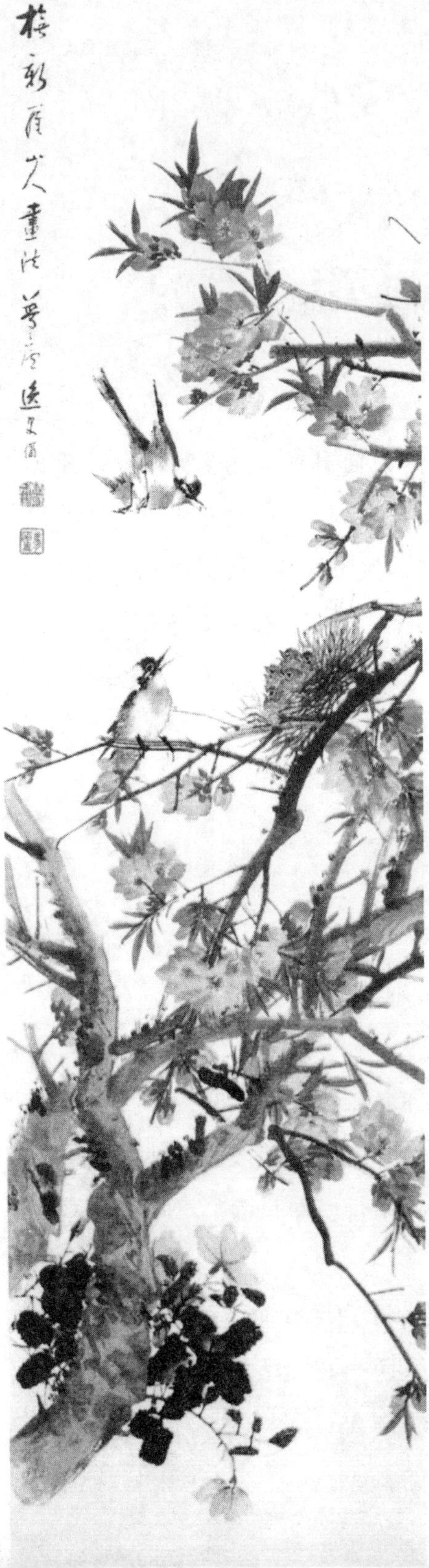

　　他在那里喃喃自语："谁教春去也？"看着昏黄的斜阳，看着褪尽的残花，听着啁哳的鸟语，他思前事想后情，只觉人事茫茫，不知道将如何面对痛苦的未来。词人倚靠着精致的栏杆，却没有心情眺望远处的风景。已是春意阑珊时，再留恋、再不舍又有何用，杜鹃一声声催着春去，良辰美景又岂有为他停留的道理？索性不看不想不留，任由那春天离开罢了。

　　作为司春之神的东君，也没有留住春天的柔风暖阳，竟然如此就轻易将它们抛却。旧日腐败无能的朝廷，又何尝不是没有保护好这江山社稷，任由清人占领与欺凌呢？此时再回首，池塘还是昔日的池塘，但岸边正葱茏茂盛的杨柳又将托付给谁呢？京城依旧，山川依旧，只可惜它们的主人已经换了旁人，政权旁落，熟悉的风景都成了别人的囊中之物，他虽有怨言却偏偏又不敢言。

　　仿佛岸边杨柳也不舍春日离去，在哀切的《折柳》笛声里，白色的杨花飞舞，天地间浑然一片，像是为灭亡的王朝而扬起的纸钱，似在为其送行。古人有饮酒送春的习俗，此刻他也洒下一杯水酒，既是在为春天践行，也是在悼念已不复存在的国家。此后不论人间几度秋凉，他都将沉沦于那漫长的亡国之痛里。

那些多情的花先哭了

陈子龙《天仙子·古道棠梨寒侧侧》

春恨

古道棠梨寒侧侧，子规满路东风湿。留连好景为谁愁。
归潮急，暮云碧。和雨和晴人不识。

北望音书迷故国，一江春水无消息。强将此恨问花枝，
嫣红积，莺如织，我泪未弹花泪滴。

陈子龙是明末官员，终生以国事为己任，只是生不逢时，
不得不眼睁睁看着明朝覆灭。对于一个忠君爱国的志士来说，
最令他痛苦的莫过于看着自己的国家被侵略，却无力反抗。
他内心的悲愤无处发泄，只能用诗词来表达，其词婉约深沉，
华丽中透着彻骨的悲凉。

读陈子龙的词，常常需要细加揣摩，才能明白其中的真意。
这首《天仙子》乍看是在恨春，实则在恨腐朽没落的明朝统
治者、凶残暴虐的清兵。

春寒料峭，就连那古道旁的棠梨也在瑟瑟发抖。杜鹃叫
声不绝于耳，悲凉凄苦，一声声直叫到了词人的心中，像要
把他的心撕裂。春天不应该是春暖花开、莺啼燕飞的吗？为
何今年的春天却是如此落寞？春雨过后，天并未放晴。春潮
骤涨，天色暗淡，漫天的乌云翻滚着，快要把词人吞没。这

样阴晴不定的天气让人心中惴惴不安，不知是凶是吉，但更让人牵肠挂肚的，还是清兵压境的局势。

陈子龙翘首北望，心中挂念着在清兵铁蹄之下的"故国"，视线却被那东流的江水阻挡。明朝曾经的辉煌已经不复存在，这样的苟延残喘恐怕也是时日无多。无计可施，只得将这国仇家恨统统抛给那花枝，希望花枝能替他分担一二，却只见花瓣凋零殆尽，满地落红堆积，就连枝头的黄莺也慌乱地扑棱着翅膀扑向天空，只留下那花枝有气无力地频频点头。

词人的眼泪还未滴下，那些多情的花倒是先哭了起来，有道是"感时花溅泪，恨别鸟惊心"，大概便是这幅场面了。他越是语无伦次，反而越能让人体会到他内心深处的绝望。有时候，情感的波动会左右人的理智，明知道花不会掉泪，鸟也不会惊心，但因词人心中的愁苦，一切仿佛也都变得合情合理了。